經典童話入門

梁敏兒 著

臺灣學生書局 印行

導　論

梁敏兒

　　這是一部讀書札記，紀錄了過去一年遠遊的心路歷程。啟航的時候，以為只是沿湖划艇，沒想到越划越遠，湖以外原來是汪洋大海，一隻小艇憑著僅有的裝備，就意外地到大海走了一趟，並慶幸能夠回航。

　　去年暑假，我撰寫了一篇論文，關於安徒生童話的鞋腳意象，❶在寫作的時候，偶然發現到以鞋意象聞名的童話〈灰姑娘〉，其實源遠流長，最早可以溯源至中國隋唐時代的〈葉限〉故事，而且相同的話型故事遍佈各地。關於〈葉限〉故事和〈灰姑娘〉是同話型的事實，已經不是第一次走進我的研究視野，早在 2003 年，我在一次研討會上發表了一篇題為〈童話中的母親〉的論文，就有國內研究生批評我只注意外國的經典童話，要研究原型意象，不能夠忽視民族元素，但那個時候，我對人類學的話型研究一無所知，對

---

❶　梁敏兒：〈安徒生童話的鞋和腳意象──權力與情慾之間〉，《安徒生二〇〇週年誕辰國際童話學術研討會論文集》（中華民國兒童文學學會編輯，台北：兒童文學學會，2005 年 11 月），頁 243-268。

別人的批評，特別顯得傲慢。❷

當〈葉限〉故事第二次走進我的視野的時候，才開始注意到它的編碼 AT510，於是我開始追尋阿爾尼（Antti Aarne）和湯普遜（Stith Thompson）的編碼系統以及相關著作，當然我最關心的還是中國民間故事的情況，而剛巧我有丁乃通的《中國民間故事類型索引》，於是第一個想法就是搜尋《格林童話》全書的編碼，和核對相同編碼的中國民間故事。因為讓兒童文學的經典世界本土化，是我從事兒童文學研究的初心。

核對到相同編碼以後，另一個迫切的問題就是民間故事的實際文本，我在香港找到一套可用的文本，是 90 年代開始選編的《中國民間故事集成》，十六開本，共五十多卷，按省份分卷，有些省份卷數多，有些少。我把這部故事集成書後介紹的每個省份常見話型故事收集起來，編了一個〈中國常見民間故事話型表〉，籠統地知道了每個常見話型故事在全國各省份的分佈。於是我把各地最常見的話型故事和《格林童話》做了一個比較，希望找到兩者都著名的故事。就在這個情況之下，我選了〈老虎外婆〉、〈狗耕田〉、〈葉限〉、〈青蛙丈夫〉、〈龍女〉，和《格林童話》的〈小紅帽〉、〈小矮人的禮物〉、〈灰姑娘〉、〈青蛙王子〉、〈漁夫和他的妻子〉等五組話型故事。在選取故事話型的時候，我還發現到《格林童話》有些膾炙人口的故事並沒有相對的中國版本，這就是〈糖果屋〉、〈白雪公主〉和〈睡美人〉。

---

❷ 梁敏兒：〈兒童文學與情意教育——童話裏的母親〉，《異端與開拓：中國語文教育與文化》，香港大學中文系未刊研討會論文，頁 241-244。

　　這種選取故事的方法，很明顯是以西方話型故事為主，然後再套用到中國。我其實很希望也選只有中國有而西方沒有的故事，但考慮到目前的研究狀況，大部分的研究文章都集中在某些經典話型故事，這些故事大都是西方有的，如果選中國有而西方沒有的故事，我自己的研究能力無法應付。而且從一開始，我只是想寫入門書，推廣有關的知識，於是放棄了選取某些中國獨有的著名話型故事的考慮。

　　一切都安排妥當，大概已經是今年年初。我開始走進實際的文本分析，而發現目前對童話故事的討論，特別是西方，很大部分都集中在性別議題的角度之上。如果只從這個角度去分析，每篇童話將要千人一面，大大減低了閱讀的樂趣，對童話也不公平。於是我嘗試為每一篇童話尋找最適合的主題，務求貼合故事而又不重複。從這個時候開始，船慢慢離開了安全的港灣，不知不覺的駛進了大海。

　　從第四章的〈灰姑娘〉故事開始，這部書逐漸走進了神話的領域，由最初母系社會痕跡開始，到儀禮的恍惚狀態；然後涉獵到〈青蛙王子〉異類婚的象徵意涵，慢慢的還注意到原始思維的對流思想，〈白雪公主〉故事中的貪婪和等價交換；逐漸邁進了〈睡美人〉的濃縮宇宙。完成〈睡美人〉一章，香港的天氣已經步進金秋。按篇幅而言，作為入門書，全書應該可以收結。但是，《格林童話》以七為死亡數字，而我只寫了七章，好像很不祥，於是我又想多寫一章，並且選了一則中印著名的童話，以回應童話本土化的心願。無論中西，龍女型故事都是一則宗教故事，而宗教故事都有神話母題，作為壓卷，我覺得最合適不過。

　　這部書在撰寫期間，非常感謝我的研究助理戴淑芳小姐，本書的全部章節，都有賴她搜集影印和借閱相關的資料。到了後期，我又邀請她和白雲開博士，幫忙撰寫研究札記，他們歸納了大部分的西方研究資料，並且審閱故事的各個版本，挑選出重點，分擔了工作。我在他們的成果之上，再加入日文方面的研究，重新規劃章節的重點和思路，沒有他們的幫忙，這部書無法在短短一年之內完成。

　　作為一部入門書，無論我把船駛得多遠，總記掛著讀者，希望大家能夠透過這部書，對童話有更深入的認識。所以每章的安排，都會循著一定的格局，務求不太偏離。這部書對於我而言，也是一個入門的階段，讀者將會發現，每讀一章，論題和論文的深度都不斷變換，當然大家可以抽讀，但由於章節是層層深入的，所以初入門者適宜按章節的次序讀。

　　希望大家和我一樣，有一個愉快的旅程。

2006 年 11 月於香港教育學院

序一：
人類的共性與兒童觀念的演變

陸鴻基

小時候最愛聽「童話故事」，老師給我們說的也好，老師讓小朋友講的也好。甚麼「灰姑娘」、「龜兔競步」、「酸葡萄」、「愚公移山」、「醜小鴨」、「白雪公主」、「阿拉丁神燈」、「鷸蚌相持」、「守株待兔」等等，都耳熟能詳。長大後才知道這些「童話故事」，有來自《格林童話》，有來自《伊索寓言》，也有出自《安徒生童話》，以至中國古代民間傳說或道家典籍的。小時候自不能分辨，也不必分辨。「童話故事」的結尾通常都是「這個故事教訓我們……」。泛道德主義的口頭禪，在孩提口耳之間，不可能是甚麼深刻的德育，但大概也不可以說它起不了一點座標作用。

中國傳統教育沒有「童話故事」。清中葉算得上能照顧兒童需要的教育家王筠（1784-1854）說：

小兒無長精神，必須使有空間。空間即告以典故。但典故有死有活。死典故日日告之，如《十三經》何名，其經作註者

> 誰……然間三四日必須告以活典故。如問之曰：兩鄰爭一
> 雞，爾能確知是某家物否？能知者即大才矣。不能知而後告
> 以《南史》，先問爾家伺雞，各用何物，而後剖嗉驗之。弟
> 子大喜者，亦有用人也。自心思長進矣。

這樣的典故，仍是著眼於經史子集知識的傳遞，而不是以故事形式，緊扣兒童的喜怒哀樂愛惡欲，助長其感性發展。明清時代盛行的蒙學讀本《幼學故事瓊林》，就是以對聯體裁編寫的一部典故大全。

西方古代也沒有「童話故事」。今天流行的「童話」，不少源於公元十七八世紀歐洲啟蒙時期的作家筆下，像法國的貝洛（Charles Perrault, 1628-1703）、陀爾諾夫人（Marie-Catherine, Baronne d'Aulnoy, 1650-1705）等，收集了民間傳說，用文學筆觸改寫成父母師長給兒童朗讀的短篇小說。「神話故事」（contes de fée / fairy tales）一辭，就是陀爾諾夫人首創的。「神話」、「童話」、「民間故事」等名詞，往往互換，雖然故事裡不一定有神仙的出現。這類型的故事，到了十九世紀上半，在德意志的格林兄弟（Jakob Grimm, 1785-1863; Wilhelm Grimm, 1786-1859）手中，可說是集其大成。他們的故事初集出版於 1812 年，定名為《兒童闔家歡故事集》（*Kinder-und Hausmärchen*）。寫作的目的，既要寓教育於娛樂，同時也希望在民間故事裡尋覓德意志民族的自身文化，以抗衡籠罩著知識界的希臘羅馬古典文化。《格林童話》因此也可以說是當時的「浪漫民族主義」的一種體現，跟貝多芬的部份樂章有著類似的方向。

兒童文學和童話故事在華人社會流行起來，是從五四運動開始的，當時引進了《格林童話》等許多西方故事，也有不少國內的創

作，但自然也有人反對。1920 至 30 年代，關於所謂「鳥言獸語」故事對兒童有益還是有害、應存還是應廢的問題，在教育界掀起過一番辯論。往後數十年，童話已經成了幼稚園小學教育和很多人家庭生活的一部份，也沒有人再提出甚麼質疑了。華人社會流行的童話，有不少是舶來品，也有來自故有民俗的。但前者往往都是大家習以為常，不分彼此的了。事實上，好些格林童話在世界各地已是深入人心，成為大家共有的經典童話了。

梁敏兒教授這本《經典童話入門》，縱橫古今中外，進行分析比較，深入淺出，既能幫助讀者對熟知的故事有更深一層的了解，更提供新的視角，讓大家對故事有全新的體會，誠為閱讀童話不可多得的良伴。

本書讀者大概會要問，梁教授找出這麼多跟格林經典童話相類似的中國民間故事（以至來自印度及日本等地的故事）；到底有甚麼淵源呢？我以為，從史學角度看，歷史學家一般都不曾關注到古代平民百姓的活動；小民文化的興革，已是所知不詳，更遑論越境傳播了。但我們也知道古代波斯的摩尼教曾經傳到歐洲和中國，都分別受到壓抑和禁制，後來卻演變成中國的白蓮教和西歐的亞爾比堅（Albigensian）「異端」。因此，民間故事的東傳或西傳，也是可能的。但我們也不必花費時間和精神進行這方面的考證。更重要的是梁教授的研究，讓我們清楚看見人類的共通性。喜怒哀樂愛惡欲，貪戀與知足、嫉妒與愛憐、自私與慷慨、殘忍與慈祥、冷酷與同情，都是人類不分古今中外共有的感情。不同文化、不同時代的民間故事有著相類似的題材與結構，甚至局部的情節，正是人類通性的體現；而若干情節與側重點的歧異，卻反映了不同時代、不同文

化的差異。格林兄弟為追求德意志神髓而搜集民間故事，忽略了人
類的共通性，可謂有得亦有失。

　　梁教授解讀每個經典童話，除了比較幾種古代本子，也還介紹
一些現代繪本改編改寫的手法。這也是足以發人深省的。任何故事
的編寫或講演，都是面向一定的受眾的。因此，童話故事的改編、
演譯，正反映了人們對兒童的看法的演變。例如，古代傳說中若干
比較殘酷或驚慄的情節，近代的編寫越來越淡化，反映了「兒童弱
小心靈需要保護」的現代觀念。又例如故事人物性別角色的轉變，
也反映了現代人相信兒童不是生而定型的。再者，從前代沒有童話
到今天童話充斥，也反映了「兒童觀念」的新陳代謝。

　　小時候聽童話，總有故事的「教訓」。梁教授這本童話解讀給
我的「教訓」，就是要我好好思考人類的共通性和「兒童觀念」的
演變，我實在獲益良多。

　　三年前，香港教育學院幾位同仁商議編寫一套小學教師素養叢
書──不是授課前兩天備課的教材參考資料，也不是嚴肅的學術性
研究專著，而是介乎兩者之間的暑期自修讀物，目的是深化教師對
某些領域的了解，同時也為學術研究者與前線教師之間建造橋樑。
梁教授的《經典童話入門》就是我們構思這套叢書的開路先鋒。如
今好書寫成了，但時移勢易，叢書計劃已成泡影。不過，梁教授和
各位同仁寫作的心血並沒有白費，書還是要面世的。我樂見《經典
童話入門》出版；在此，謹祝願作者、讀者和兒童共享童話之樂。

　　　　　　　　　　2008 年 7 月，於約克大學銘基書院

序二：
摩挲經典的輝光

林文寶

　　世界各地都有其獨特的民間敘事傳統，反映區域性的風土民情；然而隨著口語傳播、文字印刷、影像攝錄到訊息互聯，這樣的區域特性在全球化的時代似乎日漸模糊；技術的發明發展讓全球得以跨越時空，轉譯、讀解存在於今昔、來自於各地的故事，使得這些流傳於民間的故事成為世界共享的一種公共財。考察世界民間故事在各地的接受與反應相當有趣，透過結構分析、系統比較的研究方法，明晰這些故事如何在轉化和程式化的過程中變成符合特定社會道德、文學和美學標準的文體，不僅可以呈顯這些區域性故事彼此之間的共通與差異，還有助於追尋文化變遷的轍跡。

　　學界論述現代兒童文學的「童話」，咸舉德國格林兄弟為兒童而編寫的生動有趣的民間故事為起源。為孩子寫的民間故事，是「童話」的原始含義。這個含義，為安徒生所突破，安徒生也為孩子寫丹麥的民間故事，但是後來卻寫出了自己的「創作」。那些創作的「新故事」，都是民間故事裡所沒有的，純粹是他個人的創

作。這些「新故事」，一度被稱為「文學的民間故事」。所謂「文學的」，意思是指「創作的」。

安徒生的「新故事」出現後，「童話」有了新的發展。為了方便，我們稱安徒生以前的為兒童寫的民間故事為「古典童話」，亦即是「fairy tales」；安徒生以後的為兒童寫的創作故事稱為「現代童話」，亦即是「modern fantasy」。安徒生被稱為「童話之父」。「童話之父」裡的「童話」，指的就是「現代童話」。

本書作者以格林童話為畛域，選定〈小紅帽〉、〈糖果屋〉、〈灰姑娘〉、〈青蛙王子〉、〈白雪公主〉、〈睡美人〉等著名古典童話為考察對象，首先以既有的民間故事編碼系統比對故事類型，繼而別具隻眼詮釋箇中意涵；從版本校讎與文本細讀中，作者深入淺出勾勒這些故事的經緯脈絡，為讀者具現故事原初的面貌。此外，針對部分文本進一步索引類型結構相似的中國民間故事以資比對，這樣的形構對照，一方面指出民間故事的流播與交互影響，另一方面也描繪外來故事在地化的增衍與形變，足見研究者資料蒐羅、摭取引證之周備與用心。

作為經典童話研究專書，本書示範了童話文本的結構性分析方法；不過，本書並非自囿於學術專業，其寫作旨趣係為一般讀者做入門導讀。作為經典童話之導讀，作者以格林童話中讀者耳熟能詳的篇目為例，分章節逐步介紹格林童話的編纂書寫風格，進而歸納是類童話之技巧與結構特徵，簡明扼要，層次井然。熟知這些構成童話魅力的要素，對於讀者辨識這些童話時移世易的變貌極有助益。廿世紀以來，挪用童話元素的影片大量產製而網路上出現的多媒體童話版本更是不計其數，收音機、電視、電影和網路取代了傳

統的說書人施展引人入勝的魔法，都說明這種早發於口傳時期的文類至今都未嘗折損其影響力，新的媒體或媒材的發明只是提供了童話發展的無窮可能。作者對於這種發展趨勢以圖畫書為例，介紹針對個別故事所做的經典重製、改編或多重觀點新塑的作品，透過作者逐篇導讀說明，可以讓讀者迅速掌握其編碼，瞭解織就文本所必要的結構、意象與隱喻，蒐集整理甚為詳盡。

藉由學理分析、議題介入等各方面讀解經典童話，本書確實為讀者揭示埋藏在情節奇趣底下的深層意涵；而為了幫助讀者進一步鑽研這些故事，作者甚至悉心臚列當前相關研究書目並做題解，賅括精要，設想周到。這些探勘經典的各方路徑，其實也顯示所謂經典其頗耐重讀的特性。經典重讀，事實上是將文本置放於不同情境脈絡下的重新發現、研究踏查。我們細探童話研究的歷程可知，在童話獨立期，童話理論解決了「什麼是童話」的問題，對童話多從民俗學、人類學的角度作尋根溯源的研究，研究的範圍主要囿於民間童話和古代童話，從而肯定了童話是兒童文學，界定了童話的定義、類別和功能。到了童話的發展期，童話理論關注的是創作童話，所探討的是童話創作規律，從心理學、文藝學的角度去進一步研究童話，而這一路看似有機的歷程，無不一次又一次驗證經典不刊的價值。

本書作者近年投注兒童文學研究熱情甚熾，成果有目共睹；此次對經典童話再三揩擦，使其輝光重現，以其構思新穎，見解獨到，實為優異之童話新詮，是以樂意為序推薦。

2008 年 7 月於台東大學文學院

經典童話入門

目　次

第一章
〈小紅帽〉與〈老虎外婆〉：
女性成長的故事

一、序言

　　〈小紅帽〉（"Red Riding Hood"）故事話型源遠流長，無論在中國或西方，都非常普及。以中國的情況來說，根據 90 年代出版的《中國民間故事集成》統計，〈小紅帽〉屬於中國最常見的故事話型之一。除了貴州、西藏和寧夏等幾個省份以外，差不多每個省份都有相應的版本，〈小紅帽〉故事在中國被稱為〈老虎外婆〉。這個被定型為 AT333 的故事，主題是人類被怪獸吞噬而最後得到拯救，以《格林童話》為分析基礎，主要情節有以下幾個重要部分：

　　1.野狼的餐宴。⒜野狼假裝成母親或者外祖母，把女孩吞噬；
　　　⒝女孩是在探望外祖母的途中遇到野狼的。

　　2.拯救。⒜野狼被剖腹，女孩獲救；⒝野狼的巨腹給塞滿了石

頭後縫合起來，最後野狼溺死；(c)野狼摔死了。❶
除了〈小紅帽〉，被野狼吞噬的故事還有著名的〈三隻小豬〉
（AT123）和〈狼和七隻小羊〉（AT123），不過後者的主人公是動
物，而且都是在家中等待母親的時候，被佯裝母親的野狼欺騙，最
後給吞噬的，和「小紅帽」是女孩，在出外途中遇野狼的情節不一
樣。西方流行的〈小紅帽〉故事則大抵以貝洛版和格林版為基礎，
傳播地域多在法國和德國。❷

二、西方〈小紅帽〉故事的爭議：
誘惑與強暴

　　西方的〈小紅帽〉故事最初由貝洛（Charles Perrault, 1628-1703）編
寫成文字，故事的名字通常譯作〈小紅帽〉（"Little Red Riding
Hood"）。後來格林兄弟又出版了另一個版本，也譯作〈小紅帽〉
（"Little Red Cap"）。這兩個版本可以說是到目前為止，影響最深
遠，流傳最廣泛的。
　　貝洛在〈小紅帽〉故事的結尾，加了一段道德教訓，原文如
下：

---

❶　Antti Aarne (1867-1925), *The Types of the Folktale: A Classification and
　　Bibliography, trans. Stith Thompson (2nd rev. ed., Helsinki: Academia Scientiarum
　　Fennica, 1987), p. 125.
❷　Stith Thompson(1885-1976), *The Folktale* (Berkeley, Los Angeles, California: U of
　　California P, 1977), p. 39.

正如大家所看到的，不懂事的孩子，

特別是美麗、可愛、善良的小女孩，

不分對象，隨便交談，往往就是災難的根源，所以要小心。

由於野狼的天職就是吃人，

因此被野狼吃掉是並沒有什麼好大驚小怪的。

事實上，同樣是野狼，

也分成許多不同的種類。

有的會藏起利牙，收起銳爪，

在耳邊說著甜言蜜語，討人歡心。

跟在年輕姑娘後面，

悄悄溜進家裏，溜進寢室，

再張牙舞爪的撲過來。

在不同的許多種類當中，

再也沒有比這樣諂媚阿諛的野狼

更危險的了。❸

從貝洛開始，〈小紅帽〉故事就和誘惑、強姦接上關係。貝洛改寫的故事裏，「小紅帽」沒有獲救，給野狼吞進肚裏去了。

---

❸　貝洛：《貝洛民間故事集》（齊霞飛譯，台北：志文出版社，1997），頁57-58；Charles Perrault, "Little Red Riding Hood", *The Trials & Tribulations of Little Red Riding Hood,* ed. Jack Zipes (2nd ed., New York & London: Routledge, 1993), p. 93.

1.漂亮的罪

「小紅帽」是一個漂亮的女孩,貝洛筆下的「小紅帽」是這樣
的:

> 從前有一個鄉下小姑娘,誰也沒有她這樣美麗。她的媽媽很
> 寵愛她,而她的姥姥比她的媽媽更愛她。善良的姥姥在她生
> 日那天送給她一頂小紅帽,這小紅帽給她戴上非常合適,於
> 是人家到處都喊她作小紅帽。❹

格林版的「小紅帽」,不是一個最美麗的女孩,但卻是一個逗人喜
愛的姑娘:

> 從前,有一個逗人喜愛的小姑娘,不論誰見到她,都喜歡
> 她,但是最喜愛她的還是她的祖母,老祖母簡直不知道該給
> 孩子一件什麼禮物。
> 一次,祖母送給她一頂紅天鵝絨的小帽子,她戴上這頂小帽
> 子真是太合適了。她非常喜歡它,整天戴著這頂小帽子,因
> 此,人們都叫她小紅帽。❺

---

❹ 貝洛:〈小紅帽〉,《貝洛╱王爾德童話》(戴望舒譯,上海:少年兒童出
版社,1997 年 11 月初版,1998 年 4 月 2 刷),頁 3。

❺ 雅各·格林(Jacob Grimm, 1785-1863)、威廉·格林(Wihelm Grimm, 1786-
1859)(下稱格林兄弟):〈小紅帽〉,《格林童話故事全集》(*Kinder-und
Hausmärchen*, 徐珞、余曉麗、劉冬瑜譯,台北:遠流出版,2001 年 1 月初版
1 刷,2001 年 9 月初版 4 刷),冊 1,頁 201。

紅帽、美麗、逗人喜愛就成為了公認的「小紅帽」的特徵，其實童話故事裏的人物，一般都存在簡單的兩極形象，即漂亮──醜陋、善良──邪惡等，近乎沒有中間人物。因為童話是口傳文學，為了在講述的時候，讓聽眾容易抓著故事的特徵並易於記憶，人物一般輪廓清晰，性格平面而沒有深層次的心理活動，人物都互相朝著相反和極端的方向來塑造。正面角色可以有漂亮、善良、聰明等性格，而且都是極端漂亮、又或者極端善良、極端聰明；反面角色則可以有醜陋、邪惡和愚蠢等性格，而且也都是極端的。❻

　　中國民間故事的正面人物一般性格善良，但很少強調外表漂亮。而當漂亮和誘惑拉上關係，問題就來了：小紅帽遇上大野狼是因為她太炫耀漂亮的外貌嗎？

2.陌生人的誘惑

　　貝洛在〈小紅帽〉故事的收結時說：「如果她們真的聽從（陌生人）的話，那麼她們被野狼吞掉就不足為怪。」「小紅帽」沒有提高警惕，結果被大野狼吞掉，對讀者而言，她的行為似乎多了一層道德的告誡。不過貝洛在故事中沒有告誡「小紅帽」，只是同情的說：

　　　　可憐的小紅帽不知道站住了聽一條狼說話是危險的。❼

---

❻　Max Lüthi(1909-1991), *The Fairytale as Art Form and Portrait of Man*, trans. Jon Erickson (Bloomington: Indiana UP, 1987), p. 29.

❼　貝洛：《貝洛／王爾德童話》，頁 3。《貝洛民間故事集》的譯文是：「在森林裏跟野狼說話是很危險的，可是小紅帽一點都不在乎⋯⋯」（頁 52）

到了格林兄弟的版本，「小紅帽」也是一樣的無知：

> 小紅帽走進林子，遇見一隻狼。她不知道狼是多麼壞的動物，一點也不害怕。❽

不過，《格林童話》的版本，母親明顯地告誡過「小紅帽」：不要離開大路，而當「小紅帽」被獵人從狼腹中救出來以後，也在心裏說：「以後如果媽媽不允許的話，我再也不能離開大路，到林子裏去了。」❾

3.強暴的禁示

　　無論是貝洛和格林兄弟的故事，野狼都明顯代表了男性的誘惑。貝洛版本寫狼和「小紅帽」在外祖母家的對答，有非常強烈的性的意味，原文如下：

> 小紅帽脫了衣裳，爬上床去，在那裏她很奇怪，為什麼姥姥脫了衣服是這個樣子的。她對牠說：
> 「姥姥，你的臂膊有這樣大！」
> 「這樣，抱起你來格外方便些，我的外孫女！」
> 「姥姥，你的腿有這樣大！」
> 「這樣，跑起路來格外方便些，我的孩子！」

---

❽　格林兄弟，冊 1，頁 202。
❾　格林兄弟，冊 1，頁 206。

「姥姥，你的眼睛有這樣大！」
「這樣，看起你來格外方便些，我的孩子！」
「姥姥，你的耳朵有這樣大！」
「這樣，聽起聲音來格外方便些，我的孩子！」
「姥姥，你的牙齒有這樣大！」
「這樣，才可以吃你呀！」❿

床上的五次問答，都保存了口傳文學的特色，平面地一次一次地重複。一般口傳文學大多重複三次，而貝洛版重複了五次，格林版四次。貝洛版的五次重複，除了最後一次是吃掉她以外，只有一次答覆和「小紅帽」有關，就是「抱起你來格外方便些」，但格林的版本則每個答案都和「小紅帽」接上關係：

「哎唷，祖母，你的耳朵怎麼這麼大呀！」
「為了更清晰地聽到你的聲音。」
「哎唷，祖母，你的眼睛怎麼這麼大呀！」
「為了更清楚地看見你。」
「哎唷，祖母，你的手怎麼這麼大呀！」
「為了更便利地抓住你。」
「可是，祖母，你怎麼有這麼嚇人的一張大嘴呀！」
「為了更利索地吃掉你。」⓫

---

❿　　貝洛：《貝洛／王爾德童話》，頁 5-6。

「聽到」、「看見」、「抓住」和「吃掉」，是一步步進迫的，而且「抓住」和「吃掉」充滿了暴力。可以說，格林版的重複較之貝洛版，更能聚焦和引起驚愕。

三、世界各地和中國的版本

在西方，貝洛版以外的〈小紅帽〉故事類型，最典型的可能是〈外祖母的故事〉（"The Story of Grandmother"）。這個故事也源於法國，和貝洛版有很多不同的地方。故事裏小女孩沒有紅帽，她在分岔路上遇到野狼。野狼問她要走縫針的路還是別針的路，她選了縫針的路，一路上撿拾縫針，直到外祖母家。野狼比小女孩早一步到達外祖母家，並吞噬了她，留下部分血和肉，待小女孩到來時享用。小女孩在吃著祖母的血肉時，一隻小貓告訴了她真相。小女孩脫衣服上牀睡覺，問野狼她的衣服應該放在哪裏，野狼告訴她都扔進火裏去，因為她以後用不著。小女孩在牀上問完了一切關於野狼的身體特徵以後，野狼說要吃她，她說要出外解手。野狼不放心，要用繩縛著她的腳，小女孩走到外面，把解下的繩索再縛到一株梅樹上。野狼等得不耐煩，拉繩又拉不動，出外查探，才知道女孩已經回家去了。❷齊佩士（Jack Zipes, 1937- ）認為這個故事的主題其實是關於一個農村女孩在成長過程中，如何學會適應社會，她學會用

---

❶　格林兄弟，冊1，頁204。

❷　Jack Zipes, "Epilogue: Reviewing and Re-Framing Little Red Riding Hood", *The Trials and Tribulations of Little Red Riding Hood*, p. 346.

縫針，取代了老人，並且能夠應付異性。**⑬**

　　中國版本的〈老虎外婆〉故事，最早見於清黃承增的筆記小說《廣虞初新志》第十九卷，名為〈虎嫗傳〉**⑭**。這個故事和〈外祖母的故事〉有兩個很相似的地方，一、女孩沒有戴紅帽；二、女孩逃脫的方法也是要出外小解，並且和樹有關。以下是中國版本的一些特徵：

1. 主人公通常是姐妹或姐弟多人，他們沒有紅帽也沒有去探外婆

　　中國〈老虎外婆〉故事的主人公從來不是一個人，而是姐妹或者姐弟多人，除了黃承增的最早版本是寫姐弟出外探訪外婆時遇到母老虎以外，其他大部分的版本，主人公都沒有出門，而是在家等待母親探望外婆後回來，在等待途中，老虎則假扮外婆來訪。

　　根據統計，二百一十則《格林童話》之中，有 28% 的角色是兄弟或者姐妹，只有 18% 的故事是以一位女主人公的形式出現。**⑮**這個統計和一般認為童話大多寫女性成長的看法有很大的差異，《格林童話》著名的故事都多以一位女性為主人公，其實是受到

---

⑬ Zipes, *The Trials and Tribulations of Little Red Riding Hood*, p. 346.

⑭ 黃承增編：《廣虞初新志》，載湯顯祖（1550-1616）等原輯，袁宏道（1568-1610）評注，柯愈春編纂：《說海》（北京：人民日報出版社，1997），冊4，卷17，頁1260-1261。

⑮ 野口芳子：《グリムのメルヒェン：その夢と現実》（《格林兄弟的童話：夢與現實》）（東京：勁草書房，1994年8月初版，2002年3月8刷），頁75-78。

1825 年出版的《格林童話選集》的影響,這部選集共選了 50 篇童話,編集的目的是為了適應社會需要,特別是為新興的家庭主婦而編選,出版以後,受到廣大的歡迎。根據筆者統計,選集中的女性主人公佔了 40%,比重較原來只佔全集的 18% 增加了許多,而兄弟或者姐妹為主人公的故事則從 28% 下跌至 14%。

　　以姐妹為主人公的〈老虎外婆〉故事,姐妹們都沒有特別的服飾,也沒有特別的容貌特徵。以下是不同版本的一些描述:

> 有一個山農叫他的女兒提一筐棗,去看望外祖母。外祖母家大約有六里地遠。女孩十歲的弟弟也跟著,兩姊弟一同前往。**⑯**

> 從前有一個莊裏住著娘兒兩個,靠租地種(田)過日子,拿去租子就剩不下幾顆糧食了。**⑰**

> 在早,有一家子,大嫂領三個丫頭過日子,大的叫「門插棍兒」,二的叫「釘錦兒」,三的叫「笤帚疙瘩」。**⑱**

---

⑯　譯文參:〈老虎外婆〉,《中國經典童話:歷經千年橫跨群書的 119 個述異傳奇》(陳蒲清編,台北:三言社,2004),頁 317。

⑰　陳慶浩、王秋桂(1943-)編:〈虎口屋〉,《中國民間故事全集·山東民間故事集》(台北:遠流,1989 年 6 月初版,1994 年 10 月 3 刷),頁 395。下文《中國民間故事全集》只引卷名。

⑱　中國民間文學集成全國編輯委員會,《中國民間文學集成·吉林卷》編輯委員會:〈老虎媽子〉,《中國民間故事集成·吉林卷》(北京:中國文聯出版社,1992),頁 407。(下文《中國民間故事集成》只引卷名)

從前，在大山溝裏，住著這麼一戶人家，三個姑娘——老大叫笤帚疙瘩，老二叫刷帚疙瘩，老三叫門插杆兒，歲數都不大。她們的阿瑪死了，全靠訥訥領著過日子。❶⓽

從前，在一偏僻的地方，有一戶離開村落很遠的人家，家裏有個媽媽和兩個女孩子。⓴

傳說在很久以前，在一座遠離村寨的深山裏，有一獨戶人家。家裏有兩姐妹：姐姐阿定十八歲了，妹妹阿花才七歲。她們的阿爸在阿花滿周歲時去世了，是阿媽把她倆拉扯大。㉑

從前，有一家，娘兒五個，四個閨女，老大叫笤帚疙瘩，老二叫掃帚疙瘩，老三叫門插棍兒，老四叫釘錦兒。㉒

中國版本的故事因為角色都是姐妹多人，沒有了美麗和強暴之間的想像，而且眾人合力抗拒野獸外婆，驚嚇感較弱，也完全沒有了將引虎入屋的責任歸咎於個人的情況。

---

❶⓽　〈老虎媽子〉，《中國民間故事集成·遼寧卷》，頁387。

⓴　〈虎姑婆〉，《中國民間故事全集·台灣民間故事集》，頁255。

㉑　〈兩姐妹〉，《中國民間故事全集·雲南民間故事集》，頁384。

㉒　〈釘錦兒和她的三個姐姐〉，《中國民間故事全集·遼寧民間故事集》，頁487。

2. 老虎外婆來訪

　　和〈小紅帽〉故事不一樣，中國〈老虎外婆〉故事中的姐妹，沒有因為貪玩而遠離大路，又或者刻意和老虎說話。她們大部分是因為年紀小，誤信假裝成外婆的野獸的說話，又或者因為善良，不願意老人家在門外守候，所以才開門讓野獸進來。因為年紀小而誤信的，可選遼寧民間故事的例子：

　　　　天黑了，老虎媽子穿上孩子媽媽的衣裳。冒充人來到她家門外。一邊敲門，一邊學著媽媽的口氣：「笤帚疙瘩、掃帚疙瘩，給媽開門哪。」老虎媽子心裏有鬼，學的也不像。老大老二直犯琢磨：「東來聲，西來聲，聽著咋不像我媽聲？」就沒給開門。

　　　　老虎媽子見大的不好誆，就招喚小的：「門插棍兒、釘錦兒，給媽開門來！」門插棍兒沒吱聲，釘錦歲數小，短個心眼，尋思媽真來了，下地就把門給開了。❷❸

　　年紀最小的孩子因為沒有機心，輕易相信了老虎媽子的說話，和「小紅帽」跟狼說話，並把外祖母的地址告訴牠，情況是一樣的。不過中國版本是以姐妹一起出場，突顯了犯錯的原因是年紀小，而且還強調了姐妹的手足之情。當老三開門讓老虎進來的時候，因為屋內有三個人，恐怖的感覺頓時減弱，故事的主人公們沒有像「小

---

❷❸　〈釘錦兒和她的三個姐姐〉，頁 488。

紅帽」般孤立無助。

　　另一個開門的原因，也是很溫暖的，就是分明有懷疑，但又不忍心讓老人家守在門外，所以開門。以下是台灣民間故事的例子：

> 媽媽出門的時候，再三叮囑過：「說不定虎姑婆會來吃妳們，妳們倆人都要仔細注意才好。」所以她倆把這話牢牢記在心裏。
>
> 「傻孩子，我真的是妳的媽媽呀，快點開門吧。」她使勁地打著門。
>
> 兩姊妹想：不一定真的是媽媽回來，倘不開，那麼就要叫她老人家在外面等急了，所以連忙去把門開了。❷④

姐妹倆因為善良，讓虎姑婆進來了，最後一起經歷患難，姐妹們不一定是最小的可以脫險，有些時候是最大的憑著機智和勇敢而逃出虎口。

3.沒有強暴的禁示

　　和西方的「小紅帽」故事一樣，中國版的故事也有和老虎的幾個重複的試問，但性的意味不強，一般是問野獸的身體特徵，而沒有問野獸的耳朵、鼻子、眼睛和手為什麼那樣大。不同地方的版本，如果有試問，都大致差不多。以下是遼寧民間故事的例子：

---

❷④　〈虎姑婆〉，頁 255-256。

釘錦兒一翻身，正好碰著老虎媽子的腦袋，毛茸茸的，嚇了一跳：「媽呀媽，你腦袋上哪兒的毛？」

老虎媽子說：「這是你姥姥怕媽冷給我戴的大皮帽子。」

釘錦兒一伸胳膊，摸著老虎的肚子：「你這身上也有毛？」

老虎媽子說：「你姥姥給我穿的大皮襖。」

過一會兒，釘錦兒一蹬腿，又碰上老虎尾巴了，「媽呀媽，這是啥玩意兒？這麼長。」

老虎媽子又說：「那是你姥姥給的二斤麻，我沒法拿，夾在褲帶上了。」老虎媽子怕釘錦兒再問遮不了要露餡，忙說：「別問了，天頭不早了，快睡覺吧。」❷⑤

小女孩問的總是野獸身上的毛，這是人和野獸最大的分別。最後，老虎媽子沒有老羞成怒地一口吞噬了女孩，而是先哄她睡，待她睡了以後，才把她吃掉。

4.足智多謀的逃跑和殺掉野獸

貝洛版的「小紅帽」給野狼吞掉了而沒有被拯救，格林版的「小紅帽」雖然也一樣給吞掉了，但最後有獵人剖開狼腹把祖孫兩人救出來，不過兩個版本的「小紅帽」都是被動地等待男性拯救。

世界各地的許多版本和上述的說法不一樣，女孩是憑藉自己的機智逃跑的。比貝洛版流傳更早的〈外祖母的故事〉，女孩是一路逃回家；意大利版本〈偽裝的外婆〉（"The False Grandmother"），小

---

❷⑤　〈釘錦兒和她的三個姐姐〉，頁488-489。

姑娘在逃走以後，還隔著河對怪獸扮鬼臉。❷中國的版本和這兩個故事一樣，女孩都能夠運用自己的機智，逃離虎口。

究竟女孩是如何發現老虎假裝外婆的秘密呢？西方的版本一般是上牀睡覺前，女孩向祖母索取晚餐，而不自覺地吃掉祖母的血和肉。這種吞噬自己親人的行為，在中國版本很少出現，取而代之的是老虎在吃食時，發出聲響，驚動大家的注意，有時甚至是問老虎在吃什麼時，發現老虎扔過來的居然是人的手指。當吃人的野獸暴露了身份，主人公們一般不動聲色，假裝要上廁所而逃出生天。這個逃出生天的辦法和〈外祖母的故事〉、〈偽裝的外婆〉等，沒有兩樣。

女孩要上廁所，老虎一般不放心，要用繩子縛著她的腳，有些時候，繩子還可能是人的腸子。女孩走到屋外，就把繩子解下來，縛到樹上去。當老虎發現事有蹊蹺，出來查看的時候，〈外祖母的故事〉和〈偽裝的外婆〉中的小姑娘已經逃走了，中國版本的女孩則大多爬上了樹，她們不逃跑，表現了守護家園的精神。接著中國版本的故事情節就轉向人和老虎的對峙，最後女孩殺掉老虎。

中國版本殺掉老虎的方法是很有趣的，平衡了故事前半部分的恐怖。例如有騙老虎一起爬上樹而用繩把牠摔死（吉林）❷，也有

---

❷ Italo Calvino (1923-1985) ed., "The False Grandmother", *Italian Folktales*, trans. George Martin (San Diego, Calif., New York: Harcourt Brace Jovanovich, 1980), p. 413. 中譯參卡爾維諾：《義大利童話》（*Fiabe Italiane*，倪安宇、馬箭飛等譯，台北：時報文化出版，2003 年 5 月初版，2005 年 3 月初版 3 刷），冊 3，頁 92-94。

❷ 〈老虎媽子〉，頁 408。

要求老虎給一鍋滾油來炸小鳥，待吃完了以後才下來，最後用熱騰騰的滾油把老虎燙死（台灣）❷❽。

四、童話技巧：平面人物

〈小紅帽〉的話型故事有一定的情節結構，如果我們違反這些結構，創意地改造故事，故事的類型就會轉變。這種轉變在創作的角度而言，是無可厚非的。不過話型轉變並不會對原來的故事造成任何破壞，因為話題已經轉變了。

某些童話經過文化媒體的不斷加工和傳播，已經膾炙人口，《格林童話選集》的編選、童話人物繪本化、動畫化、戲劇人物化等等，使某些童話在原有的情節結構之上，加進了許多引起爭議的文化信息，這些信息可能影響好幾代人。如果我們在教授這些經典的童話時，不在原有的情節之上進行另一種可行的選擇，則無法顛覆那些原來根深蒂固的意識形態。

中國版本的〈小紅帽〉故事，有許多民間文學的結構模式，都非常適合小孩的心性，例如平面重複的多次答問、善惡極端對峙的人物形象、生死的簡單易轉、動物和人的對話等等，都是一些在講述時要注意的童話特徵。其中最突出的是〈小紅帽〉故事中的吃人場面，這種殘暴的內容經常為現代人詬病，認為會對小孩的心理產生不良的影響。不過在民間文學的角度而言，這些內容是非常普遍的，不足為怪。民間文學的殘暴場面其實是現實生活的反映，〈小

---

❷❽　〈虎姑婆〉，頁 258。

紅帽〉故事中的野獸吞噬人類，「小紅帽」誤吃外祖母的血肉等，都是自然界吃與被吃的循環定律，年輕人吃掉老年人的血肉，是人類薪火傳承的一種象徵性表現。民間故事展現這些殘暴場面，有一定的規律，最明顯的是人物永遠是平面的，沒有深度，像剪紙一樣。❷⁹以〈小紅帽〉故事類型為例，外婆被野獸吞掉的場面，沒有血肉橫飛的描寫，也沒有掙扎哀號的刻劃，更加不會去交代「小紅帽」失去外婆的傷痛，只是平面地模寫情節，用幾句就交代了外婆被吃掉。例如格林兄弟的版本，有以下幾句：

> 牠走進去，一聲不響地衝到祖母的床前，一口把她吞了下去。然後，牠穿上祖母的衣裳，帶上她的花邊軟帽躺到床上，把簾子拉嚴。❸⁰

中國的版本，則有：

> 老虎媽子明明不懷好意，但還裝好人，說：「大姐大姐，你脖子上有個虱子，我給你拿下來吧。」說著就「哐嗆」一口

---

❷⁹　民間故事的美學形式，最初由 Max Lüthi 提出，後來又由小澤俊夫（1930-）在日本不斷推廣，並成立研究中心和民間故事講演學校，他們的著作可參：1. Max Lüthi, *The European Folktale: Form and Nature* (Bloomington: Indiana UP, 1982), p. 12；2.小澤俊夫：《昔話が語る子どもの姿》（《民間故事講述中的小孩身影》）（神奈川：古今社，1998 年 9 月初版，2005 年 8 月 6刷），頁 87-113。

❸⁰　格林兄弟，冊 1，頁 203。

把媽媽的脖子咬住了，又一使勁，咬死了。然後，把筐裏的餃子吃了。

天黑了，老虎媽子穿上孩子媽媽的衣裳。冒充人來到她家門外。**㉛**

又例如描述小孩給老虎吃掉時，故事的敘述方式也是極平面的，好像剪紙一樣，寫個輪廓出來就交代完畢，不會停下來往細處刻劃。以下是孩子發現自己的妹妹給老虎吃掉的場面：

等孩子們都睡著以後，老虎媽子張開大嘴一口就把釘錦兒咬死，「呱嘰呱嘰」吃起來。剩下的姐三個都在睡夢中，冷不丁被「咔崩、咔崩」的響動給震醒了，那老虎媽子正在嚼釘錦的骨頭呢。

門插棍兒問：「媽呀媽，你吃啥？」

「我吃你姥給的大家棗。」隨後，給每個孩子扔過一個腳趾頭，三個孩子一嚐，才知道「媽媽」不是人。怎麼辦呢？笤帚疙瘩想出脫身的辦法來了，她說：「媽呀媽，我下地撒尿去。」**㉜**

妹妹的死只用一句「一口就把釘錦兒咬死」，而「呱嘰呱嘰」的聲音並沒有伴隨著血和肉的想像，而是用來作為弄醒姐妹們的引子。

㉛　〈釘錦兒和她的三個姐姐〉，頁 488。

㉜　〈釘錦兒和她的三個姐姐〉，頁 489。

姐妹們嚐到妹妹的腳趾頭的反應，也只是一句「才知道『媽媽』不是人」就交代過去。因為知道「媽媽」不是人，立即就引出大家想逃走的情節來，其中沒有任何驚恐和傷心的描寫，不會讓聽眾有親歷其境的感受。民間故事總是應用單一的線性結構，不會有多餘的元素，在講述民間故事的時候，目的絕對不是讓聽眾感同身受，反而刻意要製造不真實的感覺，讓聽眾從平面、單一線索去接收故事的獨特構造，猶如一幅抽象畫。

五、現代繪本的情況

現代繪本對〈小紅帽〉話型故事顛覆得最多的有兩個部分：一是為大野狼平反；二是避開吃人的場面。前者以郝廣才（1961-）的《小紅帽來啦》❸、菲利浦·高洪丹（Philippe Corentin, 1936-）的《大野狼來了》（*Patatras!*）❸為代表；後者是史特咸（Jess Stockham）的《小紅帽》（*Little Red Riding Hood*）❸。

郝廣才的《小紅帽來啦》將野狼寫成是一個孤兒，無依無靠，由外祖母收養，而獵人則是個殺狼不眨眼的壞人。狼要吃小紅帽完全出於妒忌，最後人吃不到，還弄得滿身是傷，經過這一波折，狼和小紅帽彼此諒解，成為好朋友。高洪丹的《大野狼來了》的主人

---

❸　郝廣才：《小紅帽來啦》（段勻之圖，台北：格林文化，1993）。

❸　菲利浦·高洪丹：《大野狼來了》（蔡靜如譯，台北：經典傳訊文化，2001）。

❸　Jess Stockham, *Little Red Riding Hood* (Swindon, Auburn ME, Sydney: Child's Play [International] Ltd., 2004).

公不是小紅帽，而是大野狼，故事中也沒有人的角色，只有一大群兔子，大野狼一直想當一隻好狼，但沒有人喜歡牠，大家都嘲笑牠、捉弄牠。牠飢餓的時候，可以變得很可怕，不過所有人都躲開牠。牠根本找不到任何人可以陪牠一下，在乎牠一下，就是牠生日的時候也沒有人管。突然牠發現了兔子，正想發洩自己的獸性時，兔子們居然出其不意地為牠準備了一個生日會。

　　為大野狼平反似乎是一個很流行的趨勢，尤金‧崔維查（Eugene Trivizas）甚至改寫了三隻小豬的故事，把野狼變成弱者，而小豬成為了加害者，故事更提名為《三隻小狼和一隻大壞豬》（*The Three Little Wolves and The Big Bad Pig*）❸❻。不過也有童書利用原來大野狼的角色，向兒童灌輸道德意識，台灣賢志文教基金會出版一套三冊的「遠離壞野狼系列」就是代表作品。其中簡麗華的《馬桶上的一枚指紋》的副題是「綁架小孩的壞野狼」❸❼、許玉敏的《糖果屋裏的秘密》的副題是「對小孩性騷擾的壞野狼」❸❽，野狼誘騙小孩、性騷擾小孩的形象都是源自〈小紅帽〉故事話型的。

　　中國版本方面，有兩個比較好的繪本，一是楊志成（Ed Young）

---

❸❻　尤金‧崔維查：《三隻小狼和一隻大壞豬》（海倫‧奧森貝里 [Helen Oxenbury] 圖，曾陽晴譯，台北：遠流出版，2002 年 2 月初版，2002 年 9 月 3 刷）。

❸❼　簡麗華：《馬桶上的一枚指紋》（張振松圖，台北：賢志文教基金會，1999）。

❸❽　許玉敏：《糖果屋裏的秘密》（張麗真圖，台北：賢志文教基金會，1999）。

的《狼婆婆》（*Lon Po Po*）❸，一是關關的《虎姑婆》❹。《狼婆婆》沒有吃人場面，而強調了三姐妹的機智，特別是最後制服野狼的部分佔了很長的篇幅，十四頁文字裏，有九頁是寫三姐妹如何用計脫離狼口。爬樹逃脫並欺騙野狼上樹，最後活生生地從樹上掉下來三次，最終跌死，和中國傳統的結局很相似。

　　至於《虎姑婆》，完全沒有迴避吃人場面，忠實地傳達人獸相鬥的情境，全書的畫幅用剪紙拼貼，成功地減弱了迫真的感覺。老虎精一出場，就假扮捕快和小販，吃掉兩個無知的小孩。牠最後還扮成姑婆，吃掉兩姐弟中的小弟弟阿旺，姐姐阿香運用機智暫時逃脫，最後阿香得到三個過路的人幫忙：貨郎叔叔給她一包針插在大門上、推獨輪車的公公給她一個大石磨放在門上、賣綠豆湯的伯伯給她一包綠豆灑在地上。老虎精全都中計，可是毫無用處，牠還是抓到阿香。阿香又用機智，騙老虎精先煮滾油，好吃熟的人肉，最後她用滾油把老虎精燙死。這個故事保留了較多的民間故事元素，其情節在全國的〈老虎外婆〉故事中都曾出現，而針、石磨和綠豆等物件是民間故事常見的輔助物件，有著深厚的民俗學根源。此外，《虎姑婆》經常出現「三次」的情況，例如吃了三個小孩，遇到三個過路的人等，也是典型民間故事的敘述風格。

　　總的來說，西方版本的顛覆方式，完全沒有照顧到女性角色，「小紅帽」大都被塑造成被動、單純、容易受騙的形象；而中國版本

---

❸　楊志成：《狼婆婆》（林良譯，台北：遠流出版，1992 年 11 月初版，2001 年 7 月 5 刷）。

❹　關關：《虎姑婆》（李漢文圖，台北：遠流出版，2003 年 7 月初版，2005 年 10 月 4 刷）。

基於原來故事的女性角色沒有被歪曲，人和野獸之間涇渭分明，野獸甚少和人混同，例如東方故事從來沒有人因為魔法而變成野獸，❹所以也沒有為野獸形象平反的情況，整體來說較忠實於原著。

六、研究進階入門

1. Jack Zipes ed. *The Trials and Tribulations of Little Red Riding Hood*. New York: Routledge, 1993.

   此書共收西方〈小紅帽〉話型故事共三十八則，編者在前言中，詳細介紹了西方〈小紅帽〉故事話型被編收和壓抑的歷史。

2. Catherine Orenstein. *Little Red Riding Hood Uncloaked: Sex Morality and the Evolution of a Fairy Tale*. New York: Basic Books, 2002.

   中譯：《百變小紅帽：一則童話的性，道德和演變》，台北：張老師文化，2003。

   此書考察〈小紅帽〉故事在不同語境裏，性和道德觀念的轉變，並勾勒了一些重要版本的背景。

3. Alan Dundes ed. *Little Red Riding Hood: A Casebook*. Madison, Wis.: U of Wisconsin P, 1989.

---

❹ 有關論點可參小澤俊夫：《昔話のコスモロジー：ひとと動物との婚姻譚》（《民間故事的宇宙：人與動物的婚姻談》）（東京：講談社，1994 年 10 月初版，2005 年 1 月 10 刷），頁 186-205。

此書從民俗學的角度，收錄了多篇重要論文，從〈小紅帽〉故事的演變過程，民族文化象徵以至心理內涵等，進行多方面的研究探討。

4. Sandra L. Beckett. *Recycling Red Riding Hood*. New York: Routledge, 2002.

   此書分析〈小紅帽〉故事的重要意象，並探討二十個國家，十二種語言的〈小紅帽〉故事改寫版本的特色，嘗試分析後現代思潮中〈小紅帽〉故事的敘事方式轉變。

5. Cristina Bacchilega. *Postmodern Fairy Tales: Gender and Narrative Strategies*. Philadelphia: U of Pennsylvania P, 1997.

   作者結合後現代童話敘事與性別問題的思考，指出童話敘事可以如何影響我們的性別觀念，書中有一章專論女性主義者改寫故事的方法，可以作為改寫故事的參考。

6. 黃百合：《〈小紅帽〉後設書寫研究》，台灣國立台東大學兒童文學研究所碩士論文，2003。

   這篇論文探討〈小紅帽〉在三百多年來經歷的書寫變化，分析其中的結構及文化含義，從而讓讀者了解後設書寫在改寫經典童話的範疇上，造成的影響和貢獻。本書後半部以《11 個小紅帽》一書為討論核心。

第二章
〈小矮人的禮物〉與〈狗耕田〉：
被損害與被壓迫者的異界奇緣

一、序言

　　兩兄弟型故事在中國最普遍的版本叫〈狗耕田〉，全國接近一半省份都有相類似的版本，兩兄弟型故事還涉及兄弟分產、兄嫂虐待弟弟等具東方社會特徵的內容，而且遍佈日本和朝鮮等地。這個被定型為 AT503 的故事，歸入「神奇的助手」一類，以《格林童話》為分析主幹的話，故事主題是小矮人從駝背人身上取走駝背，並將之安放到另一個人身上。情節方面主要有以下幾個重要組成部分：

1. 小矮人的喜好。(a)遊蕩者參與他們的舞蹈；(b)為他們的歌加插每周的不同日子；(c)服從地讓他們剪掉自己的頭髮和鬍子。

2. 獎賞。(a)拿走他的駝背；(b)給他黃金。

3.同伴被懲罰。(a)貪婪和笨拙的同伴得到了駝背；(b)收到了煤塊而不是黃金。❶

《格林童話》第 183 則〈小矮人的禮物〉（"The Gifts of the Little People"），故事的主人公分別是裁縫和金匠。兩人結伴同行，在路上遇到小矮人，給剃光鬍髮之後，都分到一大袋煤塊，煤塊後來變成黃金。金匠因為貪心，要回去再取煤塊，卻連原來的一袋黃金都失去，除了天生的駝背外，胸口竟無端地增添一個和駝背般大小的肉塊。

身上的缺陷得到神奇助手的幫助而消失的童話，在中國也有出現，但不流行，反而是相類的〈狗耕田〉話型更受歡迎。〈狗耕田〉被歸類為 AT503E、〈賣香屁〉故事則為 AT503M，是〈小矮人的禮物〉故事敘述骨幹下的兩個亞型。在整體故事情節而言，這兩個亞類的故事都和〈小矮人的禮物〉有著相似的結構形態，由三個部分組成：1、和神奇助手相遇；2、得到幫助；3、貪心的兄弟受到懲罰。

二、〈小矮人的禮物〉與殘障者的異界探訪

在西方，〈小矮人的禮物〉遍佈很廣，而且形態都很相似，其中《格林童話》的版本可以說是典型。❷同類的話型在日本也分佈

---

❶　Aarne, p. 170-171.

❷　阿希利門（D.L. Ashliman）的網頁，除了格林童話的〈小矮人的禮物〉以外，還搜羅了另外 4 則西方的民間故事，分別是：1.(Scotland) "The Fairies and the Hump-back", *The Fairy-faith in Celtic Countries* (Comp. W. Y. Evans-

不少，名叫〈摘掉瘤子的老爺爺〉，但主題的變化及不上西方的多種多樣；相對於日本，中國也有類似的故事，但變化和分佈不多。所謂主題的變化，是指每個情節元素的內容，例如神奇的助手不一定是小矮人，還有惡魔、妖精、樹神、魔女等等，主人公的職業和與小矮人相遇的地方也較多變化。❸

　　故事最早的文獻紀錄是十二世紀初期日本的《宇治拾遺物語》，其中記載的〈鬼瘤被取事〉是關於兩個鄰居的老翁，一個心腸很好，一個心腸不好，心腸好的一個在山中遇鬼，與鬼跳舞，最後鬼將他臉上的瘤取走，鄰居的老翁聽說，又走到山中，但由於跳舞跳得不好，鬼把好心腸的鄰居的瘤都送給他。❹

Wentz, London and New York: H. Frowde, 1911), p. 92；2.(Scotland) "The Legend of Knockgrafton", *More Celtic Fairy Tales* (Comp. Joseph Jacobs, London: David Nutt, 1894), p. 156-163；3.(Ireland) "The Palace in the Rath", *Legendary Fictions of the Irish Celts* (Comp. Patrick Kennedy, London: Macmillan and Company, 1866), p. 100-104；4.(Italy) "The Two Humpbacks", *Italian Popular Tales* (Comp. Thomas Frederick Crane, Boston and New York: Houghton Mifflin, and Company, 1883), p. 103-104. 參 D.L. Ashliman trans. and ed., "Fairy Gift: Folktales and Legends of Type 503", Online. 22nd Oct. 2006. <http://www.pitt.edu/~dash/type0503.html>

❸ 竹原威滋曾經就歐洲、中近東以及亞洲的話型主題做過比較圖表，可參竹原威滋：〈グリム童話と民間傳承の東西交流：「小びとの贈り物」と「瘤取りさん」(AT503)をめぐって〉（〈格林童話與民間傳承的東西交流：「小矮人的禮物」與「鬼瘤被取事」[AT503]〉），《グリム童話と近代メルヘン》（《格林童話與近代童話》）（東京：三彌井書店，2006），頁 204-244。

❹ 同話型的故事，中譯可參關敬吾（1899-1990）：〈摘掉了瘤子的老爺爺〉，《日本民間故事選》（金道權等譯，北京：中國民間文藝出版社，1982），頁 65-67。這個故事沒有了心腸好和壞的分別，強調了跳舞的優劣，嘲笑的味

西方紀錄比日本晚，最早的文獻是十七世紀愛爾蘭的一則名叫〈古代英國式的妖精故事〉（"A Fairy Tale in the Ancient English Style"）。故事的時代背景設在阿瑟王（King Arthur）時代，主人公是兩個正在追求一位漂亮淑女的騎士，其中一個英俊，另一個有駝背；駝背的騎士在森林中唉聲嘆氣，給妖精王聽到了，遂安慰並邀請他一起跳舞。當其中一個妖精正在想把駝背的騎士扔進井去的時候，騎士的駝背先掉下去，自己卻幸免於難，雞啼了，妖精和駝背都消失，騎士興高采烈地回家。他的情敵也想到去找妖精們，但不受歡迎，被扔進井去，並得到了駝背。❺

〈小矮人的禮物〉一向被理解為身體有缺陷者到異界的訪問談。這反映了人類相信身體的缺陷，可能會得到精靈的眷顧，而人類要和精靈溝通，需要特別的語言和儀式，因此許多時都會有唱歌或者舞蹈，人必先要跨過這道難關，才能走進精靈的世界。

三、中國版本：
〈狗耕田〉型故事的財富與道德

根據竹原威滋（1944-　）的研究，中國的〈小矮人的禮物〉型故事主要分佈在蒙古、新疆❻、浙江❼和雲南❽四個省份，話型的主

道比較強。

❺　竹原威滋，頁 214-215。

❻　〈瘤子的故事〉，《錫伯族民間故事選》（忠錄編，上海：上海文藝出版社，1991），頁 56-58。

題並不豐富，而這幾個省份都位處於邊境，故事從外國流入的可能性很強。

與〈小矮人的禮物〉型故事的情況相反，中國的〈狗耕田〉型故事流傳得非常廣，影響及於整個亞洲，這個故事是〈小矮人的禮物〉的亞型故事，重點從身體缺陷轉移至兄弟爭產。

這個故事大致講述兩兄弟分家，兄長取走所有遺產，只留給弟弟一些不值錢的東西和一條狗。狗自願替弟弟耕田，收成出奇的豐富，弟弟又與不相信狗能耕田的貨郎打賭，贏得財富。哥哥知道此事後，把狗借來耕田，但狗不肯工作，哥哥生氣極了，殺死了狗，弟弟把狗埋葬，埋骨的地方長出一株植物。弟弟搖動植物得到財富，哥哥卻得到懲罰；後來弟弟利用植物製造用具而得到財富，哥哥模仿弟弟的做法，再次得到懲罰。在〈賣香屁〉故事中，故事還有後續：哥哥燒掉了弟弟的工具，弟弟用灰來種豆，後來吃了豆而放出香屁，因此獲得財富；哥哥模仿不果，放出臭屁，得到懲罰。

〈狗耕田〉和〈小矮人的禮物〉最明顯的相同地方是模仿。兩個人做同一樣的事，但其中一人因為貪婪，得到完全相反的結果。有趣的是，〈小矮人的禮物〉中的主人公是兩個結伴同遊的旅人，而中國的同話型故事是分產的兄弟，流傳到日本後則演變成鄰居，反映了各地文化背景的差異。

---

❼ 〈東西兩「多頭」〉，《八仙的故事》（浙江文藝出版社編，杭州：浙江文藝出版社，1983），頁 124-126。

❽ 〈兩個大脖子商人〉，《景頗族民間故事選》（歐鶲勃編，上海：上海文藝出版社，1991），頁 134-135。

1. 兄弟和旅人

　　根據劉守華（1935-）的研究，〈狗耕田〉的故事在東方很流行，但主人公不一定是兄弟，例如日本於中世以後，家族均由嫡長子單獨繼承遺產，沒有分產觀念，所以主人公們變成鄰居，代表善和惡的兩位老者。❾至於《格林童話》中結伴同遊的旅人，在中國民間故事一般都會以結拜或者親兄弟的身份登場。在西方，到處遊歷的旅人一般是手工業者，例如〈小矮人的禮物〉裏的兩個旅人：一個是裁縫，一個是金匠。這些手工業者自古以來都有聯盟組織，組織者結拜為兄弟，並且要獨自經歷徒弟時代、職人時代和遍歷時代，而他們所必須遊歷的地方也有規定。❿

2. 平凡的驚異

　　中國的童話體系裏沒有小矮人，「神奇的幫助者」大多為一條狗。〈狗耕田〉故事中最吸引人的地方是平凡的驚異。狗對於農夫來說，並沒有經濟效益可言，到了弟弟手上，居然比牛更能幹活，弟弟還藉著狗耕田的奇蹟而得到財富。這種由平凡而來的驚異又見於狗被兄長打死，死後埋骨之處長出神奇的樹木，落下財寶，最後兄長砍掉樹木，而弟弟把樹木當柴薪燒掉，又或者利用它的枝幹編

❾　劉守華等：〈分家分得一條狗：「狗耕田」故事解析〉，《中國民間故事類型研究》（劉守華主編，武漢：華中師範大學出版社，2002），頁 544。

❿　高木昌史（1944-）：〈第二部モティーフ／キーワード／人名事典〉（〈第二部主題／關鍵詞／人名事典〉），《グリム童話を讀む事典》（《格林童話事典》）（東京：三交社，2002），頁 235。

織器具，還繼續得到好處。他將燒好的食物吃掉後，讀者料想故事
應該完結了罷，但居然又續以放出香屁的奇幻情節。「屁」原本令
人厭惡，誰也沒想到「屁」是香的，並換來財富。

3.財寶和道德

　　無論中外版本，皆存在對於財富的矛盾看法，表現出人一方面
渴望財富，另一方面又覺得貪財是罪。根據伯丁漢默（Ruth B.
Bottigheimer）的分析，《格林童話》沒有描寫過人可以憑著努力工
作而得到財富，努力工作者都一貧如洗，而大部分角色都是在意外
的情況下致富。這些角色要有世所公認的美德如勤勉、善良、忠實
等，但如果他們只是一心一意想求財，就必然得到懲罰。**⑪**例如
〈小矮人的禮物〉中一起漫遊的兩個朋友，金匠大膽貪心，裁縫則
膽小知足。原文如此描寫他們的性格：

> 　　金匠由於天生的貪心，他的口袋裝得更滿些，所以這會兒他
> 的金子比裁縫要多一倍。
> 　　一個貪得無饜的人有許多錢，那麼他還會想要更多的錢。
> 　　金匠向裁縫提建議說：在這裏再待一天吧，晚上再到山上老
> 頭兒那裏取更多的財寶。**⑫**

---

⑪ Ruth B. Bottigheimer, "Work, Money and Anti-Semitism", *Grimms' Bad Girls and
Bold Boys: The Morals & Social Vision of the Tales* (New Haven and London: Yale
UP, 1987), p. 123.

⑫ 格林兄弟，冊 4，頁 190。

由於金匠一心要得到更多的財寶，最後連已有的金子都變成煤，並且失去頭髮和鬍子，駝背不獨重新長回來，胸前還多長了一塊肉，這都是他貪得無饜的懲罰。裁縫心地善良，看見朋友不幸的遭遇，答應以後和他一起分享自己的財寶，顯示高尚的品德。

　　類似的故事，在《格林童話》還有很多，例如〈森林裏的三個小矮人〉（"The Three Little Men in the Woods"，13 則）、〈風雪婆婆〉（"Frau Holle"，24 則）、〈一隻眼，兩隻眼，三隻眼〉（"One-Eye, Two-Eyes and Three-Eyes"，130 則）、〈黑白新娘〉（"The White Bride and the Black Bride"，135 則）和〈大鵬鳥〉（"The Griffin"，166 則）等。這些故事雖然不屬於〈小矮人的禮物〉的話型，但都表達同樣的信息：仁慈善良者得到財富，而貪心邪惡的人得到懲罰。〈森林裏的三個小矮人〉中被繼母虐待的女孩，把自己僅有的一小塊麵包分給小矮人，小矮人於是賜給她三個報酬：她一天比一天美麗、她每說一句話，嘴裏就掉出一枚金幣和她將來成為國王的妻子。壞心腸的姐妹妒忌她，也走到森林，重複女孩的經歷，卻不願意和小矮人分享麵包，最後小矮人給她三個懲罰：她一天比一天難看、她每說一句話，嘴裏就蹦出一隻蛤蟆和她有朝一日不得好死。

　　中國版本的〈狗耕田〉型故事，大部分的兄弟配搭總是一個貪心一個善良，以下是其中的一些例子：

　　　　老通這人，好吃懶做，家裏的活路都推給弟弟去做。小容為人忠厚老實，手勤腳快。❸

---

❸　〈老通和小容〉，《中國民間故事集成·廣西卷》，頁 551。

古時候，在加支覺垻住著弟兄倆，哥哥心胸窄，弟弟心胸寬。⓮

從前，有戶姓張的人家，倆老一死，就剩下了兄弟倆過日子。

阿哥張大大長得腰圓膀粗，濃眉大眼，一身好力氣，就是太強橫霸道，一顆心黑透黑透。阿弟張小小剛滿十五歲，眉清目秀，心地善良，還不懂事哩。⓯

很早很早的時候，唐崖河邊的寨子裏，住著一對親兄弟，叫王老大和王老二。老大狡猾得很，愛財如命；老二善良本份，為人和氣。⓰

從前，有這麼哥兒倆，從小父母雙亡，相依為命。自打都娶過媳婦，老大就開始變了，不到半年，他就要和老二分家另過。⓱

有弟兄兩個，老大奸猾，老二忠厚老實；老大娶了媳婦，老

⓮　〈狗耕田〉，《中國民間故事集成·四川卷》，上冊，頁 877。
⓯　〈一隻牛虱〉，《中國民間故事集成·浙江卷》，頁 639。
⓰　〈王老大和王老二〉，《中國民間故事集成·湖北卷》，頁 413。
⓱　〈香香屁〉，《中國民間故事集成·河北卷》，頁 495。

二還是光棍。⓲

從前，有家人家，兄弟兩個，哥哥是個尖子，只顧自己，弟弟老實。⓳

從前，有兄弟兩人，哥哥叫阿強，弟弟叫阿善。阿強心貪且狠心，阿善則心地善良，做事老是委曲求全，自己吃虧也默不作聲。⓴

　　善良的兄弟一般不在意財寶，而珍惜失去的東西；邪惡的兄弟則相反，一心要得財寶，對於黃狗又或者助他得到財寶的東西，一點不疼惜。例如〈老通和小容〉的故事，老大把狗活活打死，小容知道後，「痛心流下眼淚，到田邊把那條死狗扛到山上埋了，還在墳邊栽了一株楠竹。」㉑狗死了，不獨為牠做墳，還在墳邊栽竹為伴。後來竹又給老大砍倒，小容又去把竹子扛回來，編成雞籠，最後雞籠被哥哥燒毀，小容的反應是「心痛如刀割，把雞籠灰掃攏來，挑到山上種了一菀南瓜」。㉒此外，如〈老大和老二〉（廣

⓲　〈黃狗犁地〉，《中國民間故事集成·甘肅卷》，頁485。

⓳　〈賣香香屁〉，《中國民間故事集成·江蘇卷》，頁573。

⓴　茂名市民間文學三套集成辦公室編：〈貪心哥哥和善良弟弟〉，《中國民間故事集成·廣東卷·茂名市資料本》（茂名：茂名市民間文學三套集成領導小組，1988），頁190。

㉑　〈老通和小容〉，頁552。

㉒　〈老通和小容〉，頁552。

西）❷、〈倆兄弟〉（福建）❷、〈狗耕田〉（四川）❷、〈一隻牛虱〉（浙江）❷、〈香香屁〉（河北）❷、〈黃狗耕地〉（山西）❷、〈黃狗犁地〉（甘肅）❷、〈賣香香屁〉（江蘇）❸、廣州的〈貪心哥哥和善良弟弟〉（茂名）❸、〈賣屁香〉（湛江市）❸和〈兩兄弟〉（羅定）❸等，俯拾即是。

四、童話技巧：三次平面重複

縱觀中國版本的〈狗耕田〉故事話型，最突出的故事結構是三次平面重複。根據呂蒂（Max Lüthi）的分析，童話結構許多時運用重複組成，而且有固定的重複次數，例如三次或四次。童話人物的性格一般不會發展，傾向平面描寫，即使情節不斷重複，人物也不會增長智慧，因此重複的目的不是推進情節或者增加任何新的結構元素，而是回應美學的要求。呂蒂曾用音樂來比喻童話的重複結

---

❷ 頁 562-563。
❷ 頁 610-612。
❷ 頁 495-496；877-878。
❷ 頁 639-640。
❷ 頁 495-497。
❷ 頁 428。
❷ 頁 485-487。
❸ 頁 573-574。
❸ 頁 190-194。
❸ 頁 128-132。
❸ 頁 267-269。

構，一個主調不斷迴旋，各小分段重複形成分枝，組成一個枝葉繁茂的主體。在口傳的過程中，情節的信息往往很容易溜走，不斷的重複變化，可以容許聽眾不斷咀嚼和回味。❸

　　呂蒂還以小孩模仿成人的行為作比喻。小孩透過不斷模仿而學會成人行為的時候，會從中得到很大的樂趣，換言之，童話情節不斷重複的形式，類似我們小時候吸收知識的經驗。以〈狗耕田〉型故事為例，兄長三次妒忌弟弟的財富，模仿弟弟的行為，想一朝致富，但每次失敗他都未能從中學到智慧。每一次的情節重複，都產生新的變化。變化的模式循著一定規律進行，令讀者容易猜測到角色行為的結果，而又勾起我們的好奇，想知道既定規律之下還可以有什麼變化。

　　〈狗耕田〉型故事的不同版本，出現最多的三次重複事件有：

　　一、貪心的哥哥看到善良的弟弟用狗來耕田，弟弟並和人打賭，贏得財富。於是他向弟弟借狗來耕田，不過狗不動，哥哥老羞成怒，把狗打死。這是哥哥第一次模仿弟弟的行為而得到懲罰。

　　二、模仿行為沒有終止，並以循環模式展開第二輪情節。弟弟把狗埋葬，在旁邊種植一株竹樹，竹樹長得很快很好；弟弟上墳的時候，搖動竹樹，樹上灑落許多銀子。哥哥知道此事，學著弟弟的樣子，到狗墳的旁邊去搖竹樹，讀者如果熟悉童話結構，讀到這裏應該預計得到哥哥一定不會得到銀子，但他會得到什麼呢？故事又會怎樣重複呢？結果哥哥搖得滿身都是毒蟲，一怒之下，又把竹樹

---

❸　Lüthi, "Technical Means and Artistic Effects", *The Fairytale as Art Form and Portrait of Mans*, p. 76-114.

砍掉。

三、故事情節繼續以模仿行為重複。竹樹倒了，弟弟把竹樹削成篾條，編成雞籠，雞在籠裏生金蛋，哥哥再次眼紅，把雞籠借去。可是雞不但不生蛋，還不斷拉糞，拉得滿籠都是，哥哥一怒之下，把籠燒掉。故事到這裏已經重複三次。

最後，某些故事版本，即〈賣香屁〉的亞型故事，要哥哥得到一次重大的懲罰，才可讓故事戛然而止。弟弟把竹籠的灰拿走，撒在自己的豆田裏，豆長得很好，弟弟煮了一鍋來吃。吃過後不斷放香屁，給路過的縣官嗅到，於是請他回家去放，並給他很豐厚的獎賞。哥哥知道了當然眼紅，於是又拿一把灰撒到自己的豆田裏，把長好的豆拿去煮，吃完急不及待地跑到縣官那裏賣香屁，誰知放出來的屁卻其臭無比。縣官十分生氣，命人重打哥哥幾十大板，哥哥回家以後，還弄壞肚子，拉了滿屋的糞，其臭難當。

故事一次又一次讓貪心的哥哥受罰，熟悉童話的聽眾會知道，這是一種重複結構，結局是善者得到獎賞，惡人得到懲罰。雖然讀者已經預先知道結構，但故事究竟還會有什麼變化，仍是令人感到好奇的。其實每個〈狗耕田〉故事都有很多差異，三次情節重複也有很多細節不一樣，例如弟弟如何能夠讓狗耕田，有些版本說狗就是會耕田，不用做些什麼；有些版本，弟弟要用飯糰來誘惑狗向前走。在貨郎經過的情節，有的版本說貨郎願意用自己所有的貨物打賭，如果狗真能耕田，就全都給了弟弟，而弟弟什麼都沒說；但有些版本卻說弟弟還價，說如果不能耕的話，就把狗輸給貨郎。到哥哥模仿的情節，有些版本說哥哥和貨郎打賭，如果狗能耕田的話，就全拿了貨郎的貨，如果不能耕的話，哥哥的田地就歸貨郎；也有

些版本的貨郎是兩個不同的人：一個賣的是綾羅綢緞，一個賣的是石頭，所以哥哥雖然贏了，但就只得滿田的石頭。無論哪一個版本，哥哥最後都是把狗打死，符合狗死後報恩的故事結構。

五、現代繪本的情況

〈狗耕田〉型故事的現代繪本不多，較有代表性的只有張玲玲的《賣香屁》[35]。故事沒有顛覆原來的話型，並且盡量容納各個地方版本的主題元素，令內容顯得非常豐富。其中還多加了一些基本架構以外的情節，例如分家的原因複雜了一點，除了嫂嫂的壞主意以外，也有哥哥的壞心腸：兩兄弟原來共用一條牛，但哥哥耕田的時候，對牛又打又罵，所以田耕得亂七八糟；弟弟對牛很好，田犁得整整齊齊。嫂嫂乘機進讒，認為兩個人用一條牛，牛是絕不會聽哥哥的，如果能夠用計從弟弟手上騙得了牛，牛就沒有辦法，只好聽話。於是一個拉頭、一個拉尾的情節開始展開：弟弟拿到了牛蝨，後來牛蝨換來了母雞和黃狗，黃狗還幫弟弟耕起田來。弟弟從黃狗那裏贏來了一擔雜貨、一大堆金銀竹葉和一些吃了會放香屁的黃豆，他將香屁賣給縣太爺，得到了銀子。但哥哥卻一次又一次得到懲罰，最後的懲罰是：哥哥學著弟弟向縣太爺賣香屁，但放的卻是臭屁，還有一大堆臭烘烘的大便。縣衙裏的人為了躲避，把東西撞得東拉西倒，最後有人找來了一個木塞，把哥哥的屁股塞住，還

---

[35] 張玲玲：《賣香屁》（李漢文圖，台北：遠流出版，2003 年 7 月初版，2005 年 10 月 3 刷）。

打了他一百大板。哥哥回到家，嫂嫂忙不迭地問賞銀的事情，哥哥指著屁股上的木塞，說自己得到的只有這個。嫂嫂一手把木塞拔出來，哥哥的大便仿如決堤的河水，流得滿屋都是，夫妻倆差點被淹死。故事的結局是作者杜撰的，喧染了整個故事的荒謬性，是一個很好的收結。

六、研究進階入門

1. 劉魁立：〈民間敘事的生命樹：浙江當代「狗耕田」故事情節類型的形態結構分析〉，《民族藝術》2001 年 1 期，頁 63-77。
   這篇文章具體勾勒出狗耕田故事情節在基本結構之上，究竟可以有多少種不同的變體。

2. 劉魁立、稻田浩二：〈《民間敘事的生命樹》及有關學術通信〉，《民族藝術》2001 年 2 期，頁 109-122。
   這是兩個人的通信，討論狗耕田故事話型的基礎結構究竟在哪裏。

3. 伊藤清司：〈農耕文化と民間說話〉（〈農耕文化與民間說話〉），《昔話傳說の系譜：東アジアの比較說話學》（《民間故事傳說的系譜：東南亞的比較故事學》），東京：第一書房，1991。
   這篇論文分析了狗耕田故事在整個東南亞的分佈情況，以及不同故事如何反映了該國獨特的文化。

4. Ruth B. Bottigheimer. "Work, Money and Anti-Semitism", *Grimms' Bad Girls and Bold Boys: The Morals & Social Vision of*

the Tales. New Haven and London: Yale UP, 1987, pp. 123-142.
這一章具體討論了《格林童話》對財富的看法，不以話型為討
論核心，但可以看到《格林童話》某些概念的一致性。

第三章
〈糖果屋〉與吃人的惡母：
巫婆和巨人的消長歷史

一、序言

　　〈糖果屋〉，又名〈漢賽爾和格蕾特爾〉（“Hansel and Gretel”），首先出現在《格林童話》。故事的情節與貝洛的〈小拇指〉❶（“Hop O’ My Thump”）以及意大利童話〈小雞〉❷（“The Chick”）同屬一個話型，三個故事都有孩子被遺棄在森林，遇見惡魔，以及將惡魔制服的環節。〈糖果屋〉最引人入勝之處，是在森林深處一所用各種令人垂涎的糖果及餅乾建成的小屋。早在十四世紀，就曾有一首英詩描述過在西班牙的一個小島上，有一所用蛋

---

❶　貝洛：《貝洛民間故事集》，頁 141-174。

❷　卡爾維諾，冊 3，頁 150-154。

糕、布丁和肉造成的小教堂❸。

　　〈糖果屋〉被定型為 AT327 的故事，主題關於孩子迷路，到了吃人妖怪的家，最後運用機智，欺騙吃人妖，逃出魔掌。以《格林童話》為基礎作分析的話，情節主要有以下幾個組成部分：

　　1.到達吃人妖的家。(a)孩子們被父母遺棄在森林裏；(b)但他們懂得沿途拋下布碎或卵石作記認，找到回家的路；(c)在第三次被遺棄的路上，鳥兒將麵包碎或麥子吃掉了；(d)孩子們在森林遊蕩，無意中發現一座用薑餅建造的房子，住著一個女巫。

　　2.吃人妖被蒙騙。(a)吃人妖因為聞到人肉的味道，就把孩子們關起來養肥；(b)當吃人妖檢查孩子是否已經被養肥時，孩子伸出一條木枝，說是自己的手指。

　　3.逃脫。(a)孩子們由鴨子幫忙渡河。❹

　　綜合來說，〈糖果屋〉的主要故事情節包括：父母把一對子女遺棄在森林，孩子走進了一座薑餅屋、男孩被女巫養肥、女巫最後被女孩推進火爐。至於其他歐洲故事的版本，在如何蒙騙吃人妖和如何逃脫方面，有許多不一樣的情節。

---

❸　Humphrey Carpenter (1946-) and Mari Prichard, "Hansel and Gretel", *The Oxford Companion to Children's Literature* (New York: Oxford UP, 1999), p. 238.

❹　Aarne, p. 117, 360-361.

二、關於〈糖果屋〉故事的爭議：
遺棄孩子的父母

中國的〈糖果屋〉型故事並不普遍，故事的數量相當有限，據猜測，其在中國的口傳歷史不會很久遠，至於源流方面也存疑。❺

〈糖果屋〉最備受爭議的地方，是父母虐待以至遺棄子女的行為。齊佩士指出經過格林兄弟從第一版（1810 年）至第七版（1857年）的不斷改編，故事裏的遺棄行為逐漸變得合理。〈糖果屋〉故事反映了德國飢荒的事實，但是格林兄弟的改編，如角色對話的篇幅增強、宗教母題的引入以至巫婆形象的定型化等，都減低了故事違反倫常的恐怖感，改編版本不獨鞏固了家庭的主流價值，並且迎合市場的口味。❻

格林兄弟在多次改編中，集中改動的地方主要有三點：

第一、加強父親慈愛和母親邪惡的對比。初版和最後的版本都是由母親提出遺棄孩子，但初版中關於夫婦爭論是否遺棄孩子的篇幅很少。到了決定版，不單篇幅增加，父親不忍心的描述部分亦被加強，與之相對，母親的冷漠和憤怒的情節不斷被渲染。大部分的版本，母親的角色皆以「繼母」出現，在 1812 年印行的初版，繼

---

❺ 日本也有相同的情況，研究者認為這個故事有可能從國外傳入，參岩瀨博：〈鬼が島脫出型〉（〈逃離鬼地型〉），《日本昔話事典（縮刷版）》（稻田浩二等編，東京：弘文堂，1994 年初版，1999 年 2 刷），頁 164-165。

❻ Jack Zipes, "The Rationalization of Abandonment and Abuse in Fairy Tales: The Case of Hansel and Gretel", *Happily Ever After: Fairy Tales, Children, and the Culture Industry* (New York: Routledge, 1997), p. 39-60.

母是以親母的形象出現的，後來因為受到社會輿論的壓力，到了
1840 年第四版的時候，親母改成了繼母。❼

　　第二、引入宗教主題。在改編本中，上帝出現了三次：第一、
二次出現在兩兄妹夜裏偷聽到父母要遺棄他們的說話，漢賽爾為
了讓妹妹安心，就說：「上帝不會拋棄我們的」、「上帝會幫助我
們的」；❽第三次出現巫婆要吃漢賽爾的時候，格蕾特爾向上帝
祈求：「親愛的上帝啊，救救我們吧！」上帝的出現減低了兩兄妹
在森林的無助感，並且將救助者的角色依託在代表上帝的父親身
上。❾

　　第三、格林兄弟讓母親的角色逐漸淡化，由親母變成繼母，而
且加強了吃人妖怪的巫婆形象，讓恐怖母親的想像和巫婆的聯想連
上關係。例如最終版本的母親叫醒孩子的時候，叫他們「懶骨
頭」，「骨頭」和「吃人」的想象成了對稱性象徵。又例如母親和
巫婆為了掩飾自己的加害行為，最初都表現得非常友善，這種對稱
式的聯想令故事中的繼母形象變得妖魔化。❿

三、其他版本的情況

　　比《格林童話》更早出現的歐洲版本，要數 1697 年法國貝洛
的〈小拇指〉和 1698 年陀爾諾夫人（Marie-Catherine d'Aulnoy, 1650?-

---

❼　Zipes, p. 46-48.

❽　格林兄弟，冊 1，頁 115、118。

❾　Zipes, *Happily Ever After*, p. 48.

❿　Zipes, *Happily Ever After*, p. 47.

1705）的〈狡猾的灰姑娘〉 **❶** （"Finette Cendron"）。這兩個故事都有遺棄的主題，不過在〈小拇指〉的故事裏，提出遺棄的是父親，母親扮演著不忍心和阻攔的角色，而〈狡猾的灰姑娘〉則由母親提出，父親作為一個順從者的角色。〈小拇指〉故事是由父母一起帶七個男孩到森林，〈狡猾的灰姑娘〉比較特別，是母親把三個女孩帶到森林。〈狡猾的灰姑娘〉中的惡母形象，和 1634 年出版的意大利童話《五日談》（*The Pentamerone*）中的〈耐利羅和內萊拉〉（"Ninnillo and Nennella"） **❷** 有很多相似的地方，而〈耐利羅和內萊拉〉的故事主人公是兩兄妹，和《格林童話》相似。《五日談》對歐洲童話的形式影響深遠，而格林兄弟在改寫〈糖果屋〉的時候，對《五日談》和法國版的故事，都相當熟悉。

　　〈糖果屋〉的故事話型有三個元素：一、到達吃人妖的家；二、吃人妖被蒙騙；三、逃脫。在這個基礎之上，故事仍然有許多變化，例如小孩被雙親遺棄在森林，走進了吃人妖的家；又或者小孩是被拐帶的；又或者不聽父母的話，要到山上去，最後在山裏迷路。至於吃人妖被蒙騙的方式也有許多，可能是像《格林童話》的模式，被推進烤爐燒死；但也有出現吃人妖的妻子刻意救助，把小孩藏起來；又或者小孩使計，將自己和吃人妖的孩子互調身份，最後吃人妖殺掉自己的孩子等等。由於這些變化，故事話型在編碼的

---

❶　Marie-Catherine d'Aulnoy, "Finette Cendron", *Beauties, Beasts and Enchantments: Classic French Fairy Tales*, ed. Jack Zipes (New York: Meridian, 1991), p. 400-416.

❷　巴西耳（Giambattista Basile, 1575?-1632?）：《五日談》（*The Pentameron*，馬愛農、馬愛新譯，長春：時代文藝出版社，1996），頁 443-449。

時候，會出現 327A、327B、327C 等不同號碼。1961 年由阿爾尼
（Antti Aarne）、湯普遜（Stith Thompson）出版的分類民間故事編碼，
即 AT 編碼，就有七種不同的變化。以下將就這些不同的故事，分
析一下《格林童話》引起爭議的話題，在其他版本中有什麼不同的
面貌。

1.《格林童話》的魔女與後母

《格林童話》的後母形象深入人心，而後母又往往和魔女的形
象連繫起來。在二百一十一則《格林童話》中，有十四則童話出現
了後母。⓭這些後母全部都是惡人，而惡的形象大抵和魔女拉上了
關係。⓮例如〈小弟弟和小姊姊〉（"Little Brother and Little Sister"，11
則）、〈戀人羅蘭〉（"Sweetheart Roland"，56 則）、〈小羊和小魚〉
（"The Little Lamb and the Little Fish"，141 則）三個有關後母惡行的故事，

⓭ 〈十二兄弟〉（"The Twelve Brothers"，9 則）、〈小弟弟和小姊姊〉
（"Little Brother and Little Sister"，11 則）、〈森林裏的三個小矮人〉（"The
Three Little Men in the Woods"，13 則）、〈漢賽爾和格雷特爾〉（"Hansel
and Gretel"，15 則）、〈灰姑娘〉（"Cinderella"，21 則）、〈謎語〉（"The
Riddle"，22 則）、〈風雪婆婆〉（"Frau Holle"，24 則）、〈杜松樹的故
事〉（"The Juniper Tree"，47 則）、〈六隻天鵝〉（"The Six Swans"，49
則）、〈白雪公主〉（"Little Snow-White"，53 則）、〈戀人羅蘭〉
（"Sweetheart Roland"，56 則）、〈黑白新娘〉（"The White Bride and the
Black Bride"，135 則）、〈小羊和小魚〉（"The Little Lamb and the Little
Fish"，141 則）、〈真正的新娘〉（"The True Bride"，187 則）。

⓮ 野口芳子：《グリムのメルヒェン：その夢と現實》（《格林兄弟的童話：
夢與現實》）（東京：勁草書房，1994 年 8 月初版，2002 年 3 月 8 刷），頁
95-97。

對後母有這樣的描寫：

一個小弟弟拉著他的小妹妹的手說：「自從母親去世後，我們就沒有過上一天好日子。繼母總是打我們，我們一走到她身邊，她就用腳把我們踢開；我們吃的是剩下的又乾又硬的麵包皮，就連桌子下面的小狗都比我們強：繼母有時還給牠扔一塊肉。上帝啊，可憐可憐我們吧，要是我們的母親知道了，該多傷心呀！走吧，我們一起遠遠地離開這裏。」❺

從前有一個女人，她是個真正的巫婆。她有兩個女兒，一個又醜又壞，但受到母親的寵愛，因為她是親生女；另一個又善良又美麗，可是巫婆卻討厭她，因為她是養女。養女有一條漂亮的圍裙，親生女見了十分眼紅，她對母親說，她想要這條圍裙。「別著急，我的孩子，」母親說，「你會得到的，你姊姊早該死了。今天夜裏趁她睡覺時，我去把她的頭砍下來，你要注意今晚睡在裏面靠牆那邊，讓她睡在外面。」❻

他們就這樣快活地跳著、玩著。繼母從窗戶裏將一切都看在眼裏，心裏很不高興。她懂得魔法，就對著他們念起了咒語，這樣，哥哥頓時變成了一條小魚，而妹妹則變成了一隻

---

❺ 格林兄弟：〈小弟弟和小姊姊〉，冊 1，頁 83。
❻ 格林兄弟：〈六隻天鵝〉，冊 2，頁 64。

小羊。**⑰**

後母一般都非常殘酷地對待繼子或者繼女，對自己所生的子女則百般呵護，而殘酷行為的極致莫過於殺害和吞噬，例如著名的〈杜松樹的故事〉（"Juniper-Tree"，47 則）後母更將繼子煮成湯肴給丈夫品嚐。

〈糖果屋〉出現的魔女不是後母，但格林兄弟以平衡結構暗示了他們對等的關係，並在最終版加上了特別的描述，使魔女形象更貼合大眾的共同想像。《格林童話》對魔女的描述是這樣的：

> 然而，這個老婦人的友善是偽裝的，其實她是一個狠毒的巫婆。她一直在暗中窺視著兩個孩子，為了引誘孩子們，她專門造了這個麵包房子。一旦孩子進了她的魔掌，就會被她弄死，煮了吃掉，她把這個當做過節日。巫婆們的眼睛都是血紅的，看不了多遠，但她們具有動物一般敏銳的嗅覺，若有人來了，她們馬上就能察覺出來。漢賽爾和格蕾特爾走到附近時，老巫婆便陰險地笑了，幸災樂禍地說：「我抓住他們了，他們再也逃不掉了。」**⑱**

「巫婆們的眼睛都是血紅的，看不了多遠，但她們具有動物一般敏銳的嗅覺，若有人來了，她們馬上就能察覺出來」一節，是最終版

---

⑰ 格林兄弟：〈小羊和小魚〉，冊 3，頁 329。

⑱ 格林兄弟，冊 1，頁 121-122。

本才加上去的，巫婆除了眼睛血紅，像動物一樣對獵物有敏銳的嗅覺以外，她們大部分都是年老和跛腳的，〈糖果屋〉中的巫婆剛出場的時候，原文是這樣形容的：

> 突然，房門打開了，一個老態龍鍾的婦人拄著枴杖，步履蹣跚地走出屋。漢賽爾和格蕾特爾嚇呆了，手裏的東西也落到了地上。[19]

根據格林兄弟《德國神話學》（*Tentonic Mythology*）有關魔女的記載，自中世以來，一般以火刑來制裁魔女，而群眾相信魔女喜歡吃人肉，特別是小孩的肉。[20]從以上的種種特徵看來，《格林童話》最具典型的魔女想像要數〈糖果屋〉的魔女。

2.〈糖果屋〉話型故事中惡母和惡父的對稱結構：惡父與兇惡的巨人

其實，〈糖果屋〉話型中的母親形象並不固定，有善母也有惡母。惡母形象以十七世紀意大利《五日談》中的〈耐利羅和內萊拉〉和法國陀爾諾夫人的〈狡猾的灰姑娘〉為代表。前者的後母游說丈夫遺棄孩子，更威脅丈夫如果不這樣做，就會離開家庭，丈夫迫不得已，含著淚把自己的孩子送到森林；後者是母親提議遺棄孩

---

[19]　格林兄弟，冊1，頁121。

[20]　高木昌史：〈モティーフ事典・魔女〉（〈主題事典・魔女〉），《グリム童話を讀む事典》，頁256。

子，父親飲泣了一下，便同意由妻子把孩子帶進森林。〈耐利羅和內萊拉〉的後母得到懲罰，被關進酒桶裏，僅能在瓶口處獨自哭泣，而〈狡猾的灰姑娘〉的母親，沒有得到懲罰，並從女兒的手中得回從前的財產，快快樂樂的生活下去。

雖然不少故事皆是以母親提出遺棄，但也有由父親擔任負面角色，母親完全是善良的。貝洛的〈小拇指〉、意大利的〈小雞〉，都是由父親提議遺棄孩子，並沒有將母親的角色「妖魔化」。〈小拇指〉中的父親一再游說妻子丟棄孩子，原文如下：

> 樵夫幾乎把口水說乾了，不斷的向妻子說明因為家裏實在太窮了。可是樵夫的妻子始終不贊成丟棄孩子。雖然貧窮，不過樵夫的妻子依然是個好母親。**㉑**

〈小雞〉的父親和〈小拇指〉一樣，首先提出了遺棄孩子的決定。原文是這樣描述的：

> 「明天，」男人說，「我到樹林裏去時把他們帶上，然後就把他們留在那裏。一下子失去他們，也比眼見著他們骨瘦如柴要好。」
> 「噓！」妻子說，「別讓他們聽見了。」**㉒**

㉑ 貝洛：《貝洛民間故事集》，頁 146。
㉒ 卡爾維諾，冊 3，頁 150。

〈糖果屋〉話型的眾多故事裏，〈耐利羅和內萊拉〉是比較特別的，孩子是兩兄妹，而他們沒有遇到吃人妖怪，只是妹妹在海難中被大魚吞噬，因而得救，最後哥哥割開魚腹，讓妹妹安全著陸並成為王子的妻子。這些故事情節，在歐洲大部分的故事裏都很少出現。和〈耐利羅和內萊拉〉不一樣，其他版本大部分有一個平衡的人物配對方式，例如惡父和男性吃人妖配對，而惡母則和女性吃人妖配對，這種對稱結構和《格林童話》是很一致的。

以〈狡猾的灰姑娘〉為例，母親提出了遺棄孩子並親自帶三個女孩到森林去，而三個女孩在森林裏首先遇到了吃人妖的妻子，她想獨自吃掉三個女孩，刻意把他們收藏起來，不讓丈夫知道。雖然最後男吃人妖還是知道了，要吃掉小孩，但沒有成功，反而被推進火爐。這個故事裏的吃人妖妻子和遺棄孩子的母親很相似，在謀害孩子的過程中，都扮演著積極的角色。

惡母和巫婆大概是最膾炙人口的角色配搭，惡父和男性兇惡巨人的配搭則較少有人注意。〈小拇指〉和〈小雞〉是兩則著名的故事，其中提出遺棄孩子的都是父親，母親扮演著不忍心的軟弱角色，而有趣的是，小孩在森林遇到的吃人妖也都是男性巨人，他們的妻子扮演的角色和小孩的母親一樣，是無奈的救助者。〈小拇指〉裏的吃人妖妻子，軟弱而善良。原文這樣形容她一心想救助小孩的心情：

> 食人鬼的妻子心裏想，若是運氣好，將孩子們藏起來或許到明天早上丈夫也不會發現，於是就讓孩子們進到屋子裏，要

他們在燒得旺旺的爐子旁把身體烘暖。㉓

男性食人鬼一般都具備橫蠻和兇殘的氣質，原文是這樣形容他的：

> 食人鬼把孩子們一個一個從床下拉出來。那些可憐的孩子都
> 跪在地上，請求食人鬼饒了他們。可是站在孩子們面前的，
> 卻是食人鬼當中最冷酷無情的傢伙，不但一點也不覺得孩子
> 們可憐，反而用貪饞的眼光看著孩子們，並且對妻子說：
> 「如果妳用高級佐料把這些傢伙煮熟了，一定是一道非常可
> 口的菜肴。」㉔

同樣的情況也出現在〈小雞〉的故事中，妖怪媽媽扮演了救助的角
色，但妖怪爸爸則貪得無厭，最終錯誤地吃掉了自己的孩子。

3.遺棄與父權

雅各·格林（Jacob Grimm）的《德國法律故事誌》（*Deutsche Rechtsaltertümer*）的第一卷第二章「父親的強權」A 項「遺棄」條
中，有這樣的記載：

> 某些情況，不單是新生兒，就是所有年歲的孩童，都有可能
> 遭逢由父親遺棄或者殺害的命運，古來的傳統，並沒有制定

㉓　貝洛：《貝洛民間故事集》，頁158。
㉔　貝洛：《貝洛民間故事集》，頁160。

懲罰雙親的法則，這特別適用於極度貧窮和飢饉的時候。**㉕**

在這個條目之下，雅各・格林還加了一條引用自兄弟合著的《德國傳說集》（*The German Legends of the Brother Grimm*）的附註，提到了被遺棄的小孩如果能夠緊握國王的槍，顯示出頑強的生命力，則可以重新獲得生存的權利。**㉖**按這兩條資料所說的德國傳統觀念來分析，〈糖果屋〉故事中，父親或者男性（國王）在遺棄孩子的過程中，應該扮演著相當重要的角色。在二百一十一篇《格林童話》裏，有十四篇故事出現魔女的角色，而其中魔女被燒死的佔五篇**㉗**，離奇死掉的有五篇**㉘**，篇中沒有談到下場的有三篇**㉙**，另外，失去魔法

㉕　這部著作仍未有英譯，轉引自高木昌史，頁272。

㉖　除高木昌史一書外，原文可參：Jacob Grimm, "The Boy in the Fish Pond", *The German Legends of the Brother Grimm*, vol. 2, ed. and trans. Donald Ward (Philadelphia: Institute for the Study of Human Issues, 1981), p. 23.

㉗　〈小弟弟和小姊姊〉（"Little Brother and Little Sister"，11則）、〈漢賽爾和格雷特爾〉（"Hansel and Gretel"，15則）、〈六隻天鵝〉（"The Six Swans"，49則）、〈兄弟倆〉（"The Two Brothers"，60則）、〈鼓手〉（The Drummer，194則）。

㉘　〈謎語〉（"The Riddle"，22則）：自食其果，喝了有毒飲料，吃了烏鴉肉死掉；〈戀人羅蘭〉（"Sweetheart Roland"，56則）則：受魔舞控制，死在荊棘中；〈藍光燈〉（"The Blue Light"，116）：小鬼把她帶到法庭，吊上絞刑架；〈菜驢〉（"The Cabbage-Donkey"，122）：變成了母驢，被磨坊主人打死。

㉙　〈野萵苣〉（"Rapunzel"，12則）、〈森林中的老婦〉（"The Old Woman in the Woods"，123則）、〈鐵爐子〉（"Iron Stove"，127則）、〈井邊的放鵝姑娘〉（"The Goose-Girl at the Well"，180則）。

的有一篇❸。

在德國中世的魔女裁判法庭，女性一經被裁定為魔女，就難逃一死，當時大部分魔女都被判以火刑。另外，中世紀的人們相信魔女可以使人變成動物，還可以鼓動大風和雪雹，令農作物受害。❸這些信仰，可以在《格林童話》中看到不少痕跡。

不過，除了《格林童話》的版本，其他故事裏的魔女都不一定會死，即使死亡，也不一定死於火刑。例如〈狡猾的灰姑娘〉的巨人是被推進烤爐燒死的，但他的妻子則是被割去頭顱而死、〈小拇指〉的巨人和他的妻子都沒有被殺，〈小雞〉裏的吃人者也一樣安然無恙。德國是魔女搜捕和裁判最慘烈的地方，但德國以外的歐洲各國，魔女裁判的情況相對溫和，這和中世紀各國的社會結構和法制模式有關。根據布里斯（Katharine M. Briggs）的《英國民間故事辭典》（*A Dictionary of British Folk-Tales in the English Language*）一書所收集到的八則〈糖果屋〉的話型故事，可以發現八則故事的吃人妖怪有四則是巨人，有四則是魔女，其中只有兩個故事的妖怪被殺，其他都沒有得到死亡的懲罰。❸此外，八則故事中，只有一則是和遺棄有

---

❸　〈約琳德和約林格爾〉（"Jorinde and Joringel"，69 則）。

❸　上山安敏（1925-）：《魔女とキリスト教：ヨーロッパ学再考》（《魔女與基督教：歐洲學再考》）（東京：人文書院，1993 年 5 月初版，1993 年 8 月2 刷），頁 254-258。

❸　Katharine M. Briggs, *A Dictionary of British Folk-Tales in the English Language: Incorporating the F.J. Norton Collection Part A* (London & New York: Routledge, 1991), p. 38-39. 八則故事分別是：*Black Brottie, Mally Whuppie, Mr. Miacca, The Clever Little Tailor, Jack the Buttermilk, The Enchanted Mountain, Fairy Jip and Witch One-Eye, Tib and the Old Witch*。

關。至於少數的中國和日本版本，這種情況就更明顯，例如中國版本的〈放鴨姑娘〉，沒有遺棄主題，而吃人妖怪是母老虎變的老奶奶，而母老虎最後掉到河裏淹死了。❸日本的〈三張護身符〉、❸〈鬼和三個孩子〉、❸〈米布吉和粟布吉〉❸等故事，有母親遺棄及後母虐待的主題，吃人的妖怪有鬼婆、沒有性別的「鬼」和兩兄弟，不過他們都沒有被殺，只有〈三張護身符〉的鬼婆被老和尚作法變成了蒼蠅而已。而〈三張護身符〉的鬼婆，樣子和西方的巫婆有點不一樣，是一個「咧著一尺多長的大嘴，呲著牙，『咔唦咔唦』地往牙上塗黑顏色」的女人。❸

四、心理學的解釋：巫婆必定得死

榮格（C.G. Jung, 1875-1996）心理學者運用母親原型來分析童話的時候，總喜歡選擇《格林童話》的〈糖果屋〉故事，認為是惡母的典型象徵。所謂惡母，是指兒童走向獨立過程時的一種主觀想像。因為兒童步向自立的時候，最艱難的莫如脫離母親，特別是駕馭性的母愛，親子分離就仿如惡夢。如果不能脫離母親，自立的過程就無法完成，兒童會完全給母親吞噬，吞噬的行為是一種心理象徵，

---

❸　中國民間文藝研究會主編：《苗族民間故事選》（北京：人民文學出版社，1962），頁 200-204。

❸　〈三張護身符〉，李蘭英譯，《日本民間故事選》，頁 282-285。

❸　〈鬼和三個孩子〉，王慶江譯，《日本民間故事選》，頁 415-418。

❸　〈米布吉和粟布吉〉，王慶江譯，《日本民間故事選》，頁 419-422。

❸　《日本民間故事選》，頁 283。

不是真實的行為。

母親原型的特質是包含，提供棲息之所，但當母親轉向惡母的時候，即代表著封閉，不讓孩子走出來，其中的特徵包括抓住、引誘、吞噬，最後步向死亡。〈糖果屋〉裏巫婆的房子讓兄妹倆佇足停留，然後又被拉進去渡宿，最後被監禁起來，幾要變成巫婆的食物，原來天堂一樣的房子轉瞬成了地獄。榮格心理學者認為貪婪、羈佔式的愛存在於母性的無意識層，大部分都不自覺，而不自覺本身是最危險的，愛隨時轉變為吞噬而不自知。〈糖果屋〉裏的巫婆眼睛不好，只能靠嗅覺來察知身邊的事物，她擁有強烈的動物性，所以嗅覺特別發達，而因為動物的本能不是意識層面的，也暗示巫婆的行為不理性，所以她是「盲目」的。❸

盲目的巫婆最後被妹妹格蕾特爾機智地推進火爐燒死，在巫婆被燒死的一刻，繼母的陰影也隨之消失。脫離危難以後的兄妹，還從巫婆那裏獲得了財寶，並且渡過大河，回到現實的父親的家，此時繼母死去，一家三口遂快樂地生活下去。❸

「遺棄」是童話經常重複的主題，當然遺棄可能是現實社會實際發生過的事實，特別在戰亂和飢荒的時候，不過也有例外，有些民族絕不容許遺棄，但他們的童話卻充斥著這樣的主題。❹所以塔

❸　河合隼雄：《昔話の深層：ユング心理學とグリム童話》（《童話的深層：榮格心理學與格林童話》）（東京：講談社，1994 年 2 月初版，1997 年 12 月 13 刷），頁 83。

❸　Hans Dieckmann, *Twice-told Tales: The Psychological Use of Fairy Tales*, trans. Boris Matthews (Wilmette, Illinois: Chiron Publications, 1986), p. 37-38.

❹　東方社會沒〈糖果屋〉的話型故事，但有遺棄的主題，它們出現在別的話型故事之中。

塔爾（Maria M. Tatar, 1945-）認為「遺棄」是源於心理的，是小孩對父母妒忌和報復的幻想。[41]有關家庭衝突的童話，總是描寫一個受難的英雄，進入超自然的世界而交上好運。普洛普（Vladimir Propp, 1895-1970）稱這類型故事為幻想故事（wondertale），其中最重要的兩個元素是惡行和匱乏（villainy and lack），然後衍生出一連串的歷煉。惡行和匱乏是一物的兩面，可以是繼母因饑餓而遺棄受難的英雄；也可以是意外導致英雄成為孤兒，不得不去尋找財寶；也可以是父母死於疾病，英雄才要離家；也有因為迷路而離開父母的。總之，離開家庭是受難英雄必須經過的第一階段，最後英雄經過歷煉，始終會以完滿結局收場。這種類型的故事不獨見於普洛普搜集到的一百多個俄國民話，而且還見於世界各地。[42]因此，榮格心理學者認為童話描寫的是一個人成長的歷程，對兒童的情感教育有很大的作用。

　　西方的經典童話在東方社會有多大的認受性，一直備受爭議。河合隼雄（1928-）認為〈糖果屋〉的故事最終以殺掉巫婆收場，其中殘酷的場面是日本人不能接受的，因為日本是一個母性社會，對母親有一種依戀的心理，所以在日本的童話裏，惡母的最終下場大多是盲目，又或者自然病死，很少會被殺。[43]關於〈糖果屋〉的心

[41]　Maria M. Tatar, *The Hard Facts of the Grimms' Fairy Tales* (Princeton, New Jersey: Princeton UP, 1987), p. 60.

[42]　簡易的說明可參 Tatar, pp. 62-63。另外普洛普的分析參 Vladimir Propp, *Morphology of the Folktale*, trans. Laurence Scott (Rev. and 2nd ed., Austin: U of Texas P, 2001), p. 37-56.

[43]　河合隼雄，《昔話の深層：ユング心理學とグリム童話》：頁 83-88。另外可

理含義，目前大部分研究集中在惡母的元型，惡父和巨人的元型則很少被談及，但是〈糖果屋〉的話型故事有很大部分是父親提出遺棄，而其後又與男性巨人拉上關係的。格林兄弟在《德國神話學》一書中談到巨人的特徵時，認為巨人的愚昧正好和分毫必計的小矮人相對，前者被無法架馭的自然力量操縱，不知節制，最後自食惡果。❹巨人和巫婆一樣，有貪婪的特徵，不過巨人不可駕馭的力量，是巫婆所沒有的，雖然兩者都可以吞噬。另外巫婆溫暖的偽裝也是巨人所無的，而〈糖果屋〉作為一個溫暖的家，吸引小孩逗留，則很多時需要女性來作引誘，這位女性可能是巫婆，也可能是巨人的妻子。

五、童話技巧：單線情節結構

〈糖果屋〉的故事框架有兩個主要部分：1.離開父母走進吃人妖的家；2.運用聰明才智逃出生天。呂蒂認為貧窮令人走向邪惡的主題，在童話並不普遍，他說的「邪惡」是指父母遺棄自己的子女。❹不過子女被虐待和被置於孤單處境都是童話的常套內容，這樣的題材對小孩來說，屬於極度驚嚇，也是《格林童話》歷來引起讀者爭論的原因之一。童話的內容雖然往往令人恐懼，但童話文本

參有關的專著：1.河合隼雄：《母性社會日本の病理》（《母性社會日本的病理》）（東京：講談社，1997）；2.土居健郎：《依賴心理的結構》（王煒等譯，濟南：濟南出版社，1991）。

❹ 高木昌史，頁 260-261。

❹ Lüthi, *The Fairytale as Art Form and Portrait of Man*, p. 125.

在處理驚嚇場面的時候，總是輕描淡寫，就和〈小紅帽〉故事利用平面剪紙般的方式，去處理野獸吃人場面一樣。〈糖果屋〉在處理遺棄場面的時候，運用單線情節結構的方式，和故事脈胳無關的，都不描述。遺棄場面的主要線索是父親把孩子帶到森林，他們離家出發的時候，母親有什麼心情？一路上父親的內心有什麼掙扎？兩個小孩的內心又如何？途中見到過什麼景象？以上種種問題，都和下一段故事情節無關。童話的結構特徵之一是單線的情節脈胳，和以後緊接著發生的事件無關聯的，都略而不談。這種單線結構，有利於處理特別具驚嚇的場面，聽眾把注意力都集中在故事情節如何發展，而不會停留在人物的複雜心理刻劃之上。例如《格林童話》是這樣描寫孩子被遺留在森林的：

> 他們來到森林深處，父親說：「孩子們，拾些柴吧，我點堆火，免得你們凍著。」
>
> 漢賽爾和格蕾特爾把乾柴拾到一起，堆成一座小山。乾柴被點燃了，火苗竄起來時，女人說：「孩子們，你們躺在火邊休息吧，我們去林子裏砍柴，做完活兒就回來接你們。」
>
> 漢賽爾和格蕾特爾在火堆旁坐下，中午每人吃了一小塊麵包。因為附近不時傳來斧頭砍柴的聲音，他們以為父親就在不遠的地方。其實那並不是斧頭的聲音，而是被父親綁在一棵小樹上的樹枝，樹枝被風吹得不停地晃盪敲打。他們坐了很久，漸漸疲倦地閉上眼睛睡著了。
>
> 當他們醒來時，天已經黑了。格蕾特爾哭著說：「現在我們

怎麼走出林子呀！」❹

父母是怎樣離開的？怎樣回到家？孩子醒來的時候，怎麼沒有難過？這些都是很容易令聽眾心碎的話題，但都不是和故事發展有關的線索，童話一般不會處理。故事最關心的是：孩子怎樣離開森林？如何跟著閃光的小石找到回家的路，然後又怎樣再次被遺棄？在森林迷路，如何走進了巫婆的糖果屋等等。整個故事的核心都放在兩個小孩的行動之上，其他的人物，對他們的行動沒有直接影響的，都無關重要。童話的這種單線情節處理方法，直接減弱了驚嚇的程度，所以在講述故事的時候，絕對不適宜違反，如果額外加插細節，除了影響故事前進的速度，也會增加原來弱化了的驚嚇效果。

六、現代繪本的情況

現代中文繪本顛覆最厲害的部分是父母形象。郝廣才的《新天糖樂園》❹和普捷天奴（Paolo Pochettino）的《糖果屋》（*Hansel and Gretel*）❹都是其中的代表。前者講述一個外來的巫婆，引誘小孩吃糖果，故事和飢餓、遺棄等主題無關；後者是關於一個單親家庭，父親生病了要兩兄妹出外找醫生，途中遇到吃人妖怪，後來兩兄妹

---

❹ 格林兄弟，冊1，頁116-117。

❹ 郝廣才：《新天糖樂園》（王家珠圖，台北：台灣東方出版社，1994）。

❹ 普捷天奴（Paolo Pochettino）：《糖果屋》（葉晚雯譯寫，台北：大千文化，2002）。

用計殺掉了妖怪，把煮妖怪的糖漿帶回家，治好父親的病。普捷天奴的故事較少改動〈糖果屋〉的故事骨架，和郝廣才的版本不一樣。

其實，〈糖果屋〉的故事在格林兄弟編寫成書的過程中，也曾多番潤飾，例如在 1812 年的版本，故事被加進了許多諺語，情節也有改動：兄長漢賽爾曾經向上帝祈求過兩次，老婦人一開始出場就立即賦與巫婆的形象、漢賽爾像雞一樣被飼養等等。到了 1819 年的版本，母親被改為繼母；1843 年，故事被加長了一半，直到 1857 年的決定版，還不斷有改動，這麼多次的改動中，有幾點變化是重要的：1.增加了許多細節；2.加入了基督教的主題；3.加插了影射社會現實的部分；4.刪掉了親母的元素，強調老婦人是巫婆。不過無論如何改動，「遺棄」的元素沒有變。而在潤飾的過程中，又加入了父親和兄妹倆的直接對話，使父親的形象變得溫暖；故事還加插了一隻白鳥，會唱甜蜜的歌，由這隻白鳥帶兄妹倆到糖果屋，減低可怕的感覺。此外，故事用上了許多可愛的比喻和輕鬆的口吻，例如漢賽爾逃出魔掌，文本是這樣描寫的：

> 門一開，漢賽爾像出籠的小鳥一樣蹦了出來。他們多麼高興啊，互相摟著脖子親吻，快樂地跳躍！⑭

至於父親，也加多了許多感情元素，例如故事的結局，這樣形容遺棄了孩子的父親：

---

⑭　格林兄弟，冊 1，頁 124。

　　這個男人自從把孩子丟在森林裏後，沒有一刻快活過，那個
女人也死了。❺⓿

格林兄弟潤飾童話的手法，使他們編寫的童話得到廣泛的流傳。
1994 年郝廣才出版了一本名為《新天糖樂園》的童書，作為台北
格林文化出版的「現代版不朽童話」系列中的一本。這套叢書改寫
了許多經典的童話，包括〈糖果屋〉❺❶、〈人魚公主〉❺❷、〈野獸與
美女〉❺❸、〈小紅帽〉❺❹、〈青蛙王子〉❺❺等等。全套目前共出版了
20 部。郝廣才在改寫這些經典童話的時候，刻意減弱了故事的殘
酷性，以《新天糖樂園》為例，故事沒有了「遺棄」，孩子也沒有
進入巫婆的家。故事的內容是這樣的：

---

❺⓿　格林兄弟，冊 1，頁 125。

❺❶　郝廣才：《新天糖樂園》。

❺❷　郝廣才：《再見人魚》（湯馬克[Tomasz Bogacki]圖，台北：台灣東方出版
　　　社，1993）。這則童話的原作者是安徒生（Hans Christian Andersen, 1805-
　　　1875），譯文可參安徒生：《安徒生故事全集》（葉君健譯，台北：遠流出
　　　版，1999 年 2 月初版，2002 年 2 月初版 9 刷），冊 4，頁 3-31。

❺❸　郝廣才：《野獸王子》（高達辛絲嘉[Elzbieta Gaudasinska]圖，台北：台灣東
　　　方出版社，1993）。原由法國民間故事改寫而成，作者為博蒙夫人（Jeanne-
　　　Marie LePrince de Beaumont, 1711-1780），譯文可參〈美妞與怪獸〉，《法
　　　國童話選》（北京：外國文學出版社，1981），頁 259-275。

❺❹　郝廣才：《小紅帽來啦！》（湯馬克圖，台北：台灣東方出版社，1993）。
　　　改編自《格林童話》，譯文可參格林兄弟，冊 1，頁 201-207。

❺❺　郝廣才：《青蛙變變變》（伊莎貝爾[Isabelle Forestier]圖，台北：台灣東方出
　　　版社，1994）。改編自《格林童話》，譯文可參格林兄弟，冊 1，頁 3-9。

巫婆滅蘭多發明了一種糖果，小孩吃了就失去作夢的能力，為了推銷這種名為「新天糖」的產品，滅蘭多開了一百家糖果連鎖店，名為「新天糖樂園」。開幕頭三天，小孩可以免費任吃。這種糖果吃了以後，就完全不能停止，每天都要吃，吃得腦袋硬硼硼。孩子的心靈都死亡了，唯有兩兄妹，他們對「新天糖」沒有興趣。他們的存在令天空露出了溫暖的色彩，刺傷了滅蘭多，於是滅蘭多想著要幹掉這兩兄妹。這兩兄妹，一個叫大維，一個叫小玫，小玫很喜歡聽故事，大維每天都說給她聽，哄她睡。

第一天滅蘭多想到買糖送大禮的辨法，送的是一本有三千頁厚圖文並茂的故事書，但計劃沒有成功。第二天滅蘭多扮成老太婆，假裝跌倒，兄長大維幫了忙，滅蘭多騙他吃了糖。從此，大維不再說故事給小玫聽。滅蘭多打算潛入小玫家，親手把她幹掉，當全家人都睡著了，滅蘭多附身到了小玫媽媽的身上，不過小玫很機警，她知道那不是真的媽媽，並且知道消滅巫婆的方法：就是指著對方並小聲說一聲：「巫婆……」，那麼巫婆就會消失。最後巫婆消失了，畫面出現了媽媽、大維和小玫一起說故事的場面。❺❻

　　相對於《格林童話》，兩兄妹沒有出現孤身面對困難的場面，一直都在家中，所以英雄出發歷險的迫切性以至英雄性減弱了。愚弄巫婆的部分，由於缺乏兄妹孤身進入吃人妖家的情節，而對抗巫

---

❺❻　原文參郝廣才《新天糖樂園》。

婆的方法又相對簡單，只輕聲說「巫婆」，巫婆就消失了，大大減弱了故事的驚嚇內容。如果童話是內心恐懼的投射的話，減弱這些元素，就減弱了故事的吸引力。可以說，郝廣才是透過改易情節和主題內容來減低驚嚇，變動這些部分，故事就面目全非；至於傳統的童話，是運用講述技巧，以保存故事原有的情節內容和主題。貝圖凱姆（Bruno Bettelheim, 1903-1990）認為向兒童提供英雄形象是很重要的，因為英雄能給他們自信心去面對將來走出社會時遇到的困難。❺如果從這一點考慮的話，傳統的童話是有值得學習的地方的。

七、研究進階入門

1. Jacqueline M. Schectman. "'Hansel and Gretel' and the Impoverished Stepmother", *The Stepmother in Fairy Tales: Bereavement and the Feminine Shadow*. Boston: Sigo Press, 1993, pp. 51-78.

   本文仔細分析了〈糖果屋〉中的後母形象及其含意，有助我們理解童話故事中的母子關係。

2. Jack Zipes. "The Rationalization of Abandonment and Abuse in Fairy Tales: The Case of Hansel and Gretel", *Happily Ever After: Fairy Tales, Children, and the Culture Industry*. New York:

---

❺ Bruno Bettelheim, *The Uses of Enchantment: The Meaning and Importance of Fairy Tales* (London: Penguin, 1991), p. 11.

Routledge, 1997, pp. 39-60.

這一章講述〈糖果屋〉故事合理化的過程，透過比對不同的版本，追蹤格林兄弟如何改寫母親的形象，以求迎合市場和大眾的口味。

3. Maria Tatar. "From Nags to Witches: Stepmothers and Other Ogres", *The Hard Facts of the Grimms' Fairy Tales*, 1987. New Jersey: Princeton UP, pp. 137-155.

童話中的後母和巫婆形象經常出現，其意旨為何？讀者可從這篇文章得到進一步的參考資料。

4. 安·勒維琳·巴斯托（Anne Llewellyn Bartow）：《獵·殺·女巫：以女性觀點重現的歐洲女巫史》（*Witchcraze: A History of the European Witch Hunts*，嚴韻譯，臺北：女書文化，1999）。

本書從女性觀點出發，講述歐洲人無理殺害「女巫」的背後原因，是壓抑女性的權力。讀者如果想多瞭解童書中的巫婆形象，本書是很好的參考資料。

5. John Boswell. *The Kindness of Strangers: The Abandonment of Children in Western Europe from Late Antiquity to the Renaissance*. Chicago: U of Chicago P, 1998.

本書揭示了西方古代後期至文藝復興時期兒童被遺棄的情況，是一部由主題入手的歷史著作。

第四章
〈灰姑娘〉與〈葉限〉：
母女相依的傳承

一、序言

　　〈灰姑娘〉大概是目前最著名的世界童話之一。❶故事最早見於隋（581-618）唐（618-907）時代段成式（?-863）的筆記小說《酉陽雜俎》，篇名〈葉限〉。❷此外，較流通的版本還有意大利巴西耳的〈可憐的灰姑娘〉（"Cenerentola"）❸、法國貝洛的〈珊朵麗昂〉

---

❶ Carpenter, p. 118.

❷ 段成式：《酉陽雜俎》（金桑選譯，杭州：浙江古籍出版社，1987），頁 79-82。

❸ 巴西耳，頁 42-49；英譯參 Giambattista Basile, "The Cat Cinderella", *The Pentameron*, trans. Sir Richard Burton (London: William Kimber, 1952), p. 53-59. Alan Dundes（1934-2005）在《灰姑娘：資料匯編》（*Cinderella: A Casebook*）中又稱為"The Cat Cinderella"。(Alan Dundes ed., *Cinderella: A Casebook* [Wisconsin: U of Wisconsin P, 1982, 1988], p. 3)

（"Cinderella, or the Little Glass Slipper"）❹和《格林童話》的〈灰姑娘〉
（"Cinderella"）。❺〈灰姑娘〉屬於民間故事話型 AT510，並包含
AT510A 和 AT510B 兩個亞型。主要的故事情節如下：

1. 被迫害的灰姑娘。⒜灰姑娘被繼母和異母姊妹虐待；(a1)棲
   身在爐底或灰土中；(a2)穿著粗糙的衣服——燈心草帽子、
   木罩袍等；⒝因父親想娶她為妻喬裝逃避，或⒞因她說像鹽
   般喜歡他而被驅逐；⒟被一個侍者殺死。

2. 魔法協助。她在家中當僕人時，得到以下角色協助：⒜死去
   的母親；⒝母親墓上的小樹；⒞超自然的物體；⒟雀鳥；⒠
   山羊、綿羊或牛；⒡如山羊（牛）被殺，剩下的一棵魔法樹
   會為她帶來生機。

3. 與王子會面。⒜她數次穿上漂亮的衣服與王子共舞，但他無
   法留住她，或她在教堂裏被他發現；⒝她給予被虐待的暗
   示，忍受作為一名僕女，或⒞她在房間或教堂裏穿上漂亮的
   衣服被人看見。

4. 證明身份。⒜她通過拖鞋的測試被發現身份；⒝通過她丟進
   王子的飲料或烘烤麵包中的一隻戒指；⒞她是唯一能摘取王
   子想要的金蘋果的人。

5. 與王子結婚。

---

❹ 貝洛：《貝洛民間故事》，頁 106；英譯參 Andrew Lang (1844-1912), *Blue Fairy Book*, ed. Brian Alderson (London: Puffin Books, 1975), p. 66-74.

❺ 格林兄弟，冊 1，頁 168-179；英譯參 Jacob Grimm and Wilhelm Grimm, "Cinderella", *The Complete Fairy Tales of the Brothers Grimm*, trans. Jack Zipes (New York: Bantam, 1987), p. 79-84. (Dundes 又譯作"Ash Girl[Aschenputtel]")

6.鹽的價值。她的父親吃到無鹽的食物，最終明白她以前說話的意思。❻

〈灰姑娘〉故事在印度、非洲、俄國、丹麥、越南等地方皆有流傳，故事流傳的範圍十分廣泛。不過由於和路・迪士尼（Walt Disney, 1901-1966）以貝洛版作為藍本，將〈灰姑娘〉故事搬上銀幕，使貝洛版許多獨特的情節如教母、玻璃鞋等，深入人心。以下我們將以貝洛的版本為主，分析一下〈灰姑娘〉故事所引起的爭議。

二、西方〈灰姑娘〉故事的爭議

貝洛版〈灰姑娘〉故事的爭議點可以從幾個方面來考察。第一、女英雄走向廚房；第二、母女關係的淡化；第三、鞋的象徵。

1.家庭主婦的形象：溫順與勤勞的新教道德

「灰姑娘」在家裏遭受繼母虐待和繼姐妹欺負，是每個〈灰姑娘〉故事都有的情節，但是究竟「灰姑娘」勝任哪些工作呢？貝洛版的「灰姑娘」要負責家裏最髒的工作，這包括「洗盤子、擦拭樓梯、打掃母親的房間和兩個姊姊的房間」。❼格林版的「灰姑娘」，做的也是家務，原文是這樣的：

> 她們奚落著，把她領進廚房。在那兒她必須從早到晚做又重

---

❻　Aarne. p. 179.

❼　貝洛：《貝洛民間故事集》，頁 106。

又累的活兒，早上很早就得起床，擔水、生火、燒飯、洗衣。兩個姊姊還想著法兒地欺辱她，嘲弄她，她們把豌豆和扁豆倒在灰裏，讓她坐在那兒一粒一粒地重新揀出來。❽

比這兩個版本較早的意大利版本〈可憐的灰姑娘〉，當第二位繼母慢慢露出本性，帶同六個親生女兒，霸佔家庭每一個角落，「灰姑娘」的遭遇也是被趕進廚房：

澤佐拉被人從臥室趕進了廚房，從陽台趕進了灶間，被迫脫下身上的綾羅綢緞，換上了破衣爛衫，由受人寵愛的公主變成了備受冷落的倒霉蛋。不僅她的地位變了，而且她的名字也變了，被人稱為「灰姑娘」。❾

被趕進廚房的「灰姑娘」，以貝洛版的形象最溫馴。貝洛版本的「灰姑娘」生性善良，對繼母和繼姐妹的態度溫順服從。姐姐們要參加舞會，「灰姑娘」沒有被邀請，仍毫無怨言地替她們整理髮型，給予意見。原文是這樣描述的：

「珊朵麗昂，如果妳也能參加舞會的話，應該會很高興吧？」

「姊姊，妳們就不要捉弄我了，那地方不是我可以去的。」

---

❽　格林兄弟，冊1，頁168-169。
❾　巴西耳，頁45。

「說的也是，要是珊朵麗昂去參加舞會，只會笑掉人的大牙。」

如果不是珊朵麗昂，而是別的女孩的話，說不定會故意把兩個姊姊的頭髮整理成奇形怪狀。不過珊朵麗昂是個誠實正直的好姑娘，所以還是把兩個姊姊的頭髮整理得非常好看。❿

「灰姑娘」面對姐姐的嘲笑，不但沒有動怒，還樂意提供妝扮的意見，任勞任怨，姐姐出門去參加舞會，她才獨自傷心。格林版本的「灰姑娘」，則三番四次懇求繼母讓她參加舞會，受到繼母的阻撓仍不屈不撓：

> 「灰姑娘，給我們梳頭，給我們刷鞋，快把鞋帶繫好，我們要去王宮參加舞會。」
>
> 灰姑娘順從地為她們做這做那，眼淚卻禁不住落了下來，她又何嘗不想去跳舞呢。她請求繼母，准許她一起去。
>
> 「灰姑娘，」繼母說，「你渾身都是灰，這麼髒，還想去參加舞會？你沒有像樣的衣服和鞋，怎麼能跳舞！」
>
> 灰姑娘一再懇求，最後繼母說：「我把一碗豆子倒進爐灰裏，如果你能在兩小時之內把豆子重新揀出來，你就一起去。」⓫

---

❿　貝洛：《貝洛民間故事集》，頁108-109。

⓫　格林兄弟，冊1，頁171。

繼母給「灰姑娘」的三個難題，都給她一一化解了，不過由於「灰姑娘」沒有漂亮的衣服，最後仍然不能去。較之格林版，〈可憐的灰姑娘〉裏的澤左拉，要從困境中逃脫的意志更加積極。她聽老師的唆使，殺死第一任繼母，後來老師變成了第二任繼母，澤左拉被虐待的處境沒有變，她又主動要求父親為她向仙女報信，從仙女那裏得到棗樹，並獲得救助。

齊佩士認為〈灰姑娘〉故事進入文字文本的時候，特別是貝洛版和格林版，女主人公的形象逐漸變得順從，只懂得做家務，完全被納進家長制之下。他又指出由〈可憐的灰姑娘〉開始，繼母變得妖魔化，「灰姑娘」逐漸走進廚房，需要等待男性的救援。貝洛在〈可憐的灰姑娘〉的基礎之上，進一步加強家長制思想對女性的期待：無助、勤勞和溫順，並且創造教母（godmother）的角色，替代親母，減弱母女連帶關係的原初主題。格林版較之貝洛版，更能忠實於灰姑娘故事話型中母系社會傳統的傳承，但是和貝洛一樣，格林兄弟也將灰姑娘塑造成一個沒有自信、服從和勤勞的形象，這些都是當時中產新教徒的主流美德。❷當然，母系社會轉向父權社會是人類歷史演化的事實，在口傳文學也有很明顯的痕跡。其中主要表現為女主人公的角色和崇拜月亮的儀禮，慢慢讓位於男性英雄和太陽崇拜；而在童話裏面，則具體表現為女性神祇的妖魔化，如有德行的公主帶著魔性氣質、女英雄轉向男英雄、家父長制的婚姻、

---

❷ Jack Zipes, "Semantic Shifts of Power in Folk and Fairy Tales: Cinderella and the Consequences", *The Brothers Grimm: From Enchanted Forests to the Modern World* (New York & Hamspire: Palgrave Macmillan, 2002), p. 195-196.

女性儀禮象徵的降格、月亮崇拜的神話解構等等。**⑬**不過母系社會的許多痕跡，仍然一直存在於人類社會之中，直至中世紀後期的魔女狩獵為止，歐洲的農村文化還保持著某些女性崇拜的習俗。

2. 母女的傳承：救助與指引

貝洛版的「教母」，刻意淡化親母和女兒之間的聯繫。她是一位仙女，手上有一枝魔棒，她看見「灰姑娘」因為不能去舞會，偷偷飲泣，主動現身來問「灰姑娘」發生了什麼事，並且為她出主意。她把南瓜變做馬車，把第一個捕鼠籠裏的六隻白老鼠變做拉車的馬，又再挑第二個捕鼠籠中的一隻漂亮老鼠當車伕，最後找了六隻蜥蜴當侍從。然後她又為「灰姑娘」換上一身華衣錦服，特別送上一雙玻璃鞋，「灰姑娘」就高高興興地去舞會了。「灰姑娘」只要十二時之前回家，法術就不會失效。教母的魔棒非常神奇，只要點一下，就什麼都能變。在故事裏面，教母就出現了這麼一次。在整個變法術的過程之中，灰姑娘一點主意都沒有，全部聽從教母安排。**⑭**

和貝洛版很不一樣，《五日談》和《格林童話》中的「灰姑娘」，都主動要求父親把樹枝帶回來，並親自灌溉，讓樹枝長成大樹。她每遇到困難，都到樹下哭訴。〈可憐的灰姑娘〉澤左拉在困境之中，要求父親從外地帶回仙女給她的信物，並且警告說，如果

---

⑬　Zipes, *The Brothers Grimm*, p. 195.原參考資料為德文，Heide Göttner-Abendroth, *Die Göttin und ibr Heros* (*Goddess and its Heros*)(Munich: Frauenoffensive, 1980).

⑭　貝洛：《貝洛民間故事集》，頁109-113。

他忘記她的請求，他將要原地不動，回不了家。其後父親真的忘記了，回家的船不能啟航，仙女報夢告訴他所犯的錯誤，父親恍然大悟，仙女這才現身，將信物交給他，並說了以下的一段話：

> ……她感謝他的女兒沒有忘記她，為了孩子對她的愛，希望她收下這些禮物。說著，她給了他一棵海棗樹，一把鶴嘴鋤，一隻金提桶和一塊絲綢餐巾，海棗樹是給她種的，其他東西是給她護理海棗樹用的。**⓯**

仙女和「灰姑娘」之間，好像有過一段過去，兩者互相有著愛的連繫，儼然是一對母女。海棗樹帶回家以後，「灰姑娘」每天早晚悉心照料，四天以後海棗樹就長得像一個婦人那樣高。一天早晨，仙女從樹裏走出來，教懂「灰姑娘」海棗樹的魔法。這位仙女像母親一樣，和「灰姑娘」有深厚的感情連繫，兩個人彷彿有默契，非要父親把海棗樹帶回家不可。而栽種一開始，也就是魔法的開始，當樹長高大以後，仙女又教「灰姑娘」唸咒語，得到美麗的衣服。咒語是這樣的：

> 高高的海棗樹金光熠熠，
> 是我用金鋤頭栽培了你，
> 是我用金提桶澆灌了你，
> 是我用絲餐巾擦拭了你；

⓯ 巴西耳，頁 45-46。

脫下你的衣，快給我穿起。❶

究竟美麗的衣服和「灰姑娘」的願望有什麼關係呢？仙女沒有說，只是默默地指引，「灰姑娘」的願望是：「我想離開這個家，但是希望不要讓我繼母的女兒知道。」最後國王舉行舞會，「灰姑娘」就運用咒語，偷偷地參加舞會。

　　格林兄弟的版本並沒有出現教母的角色。與貝洛版不一樣，格林版的母女連帶感也非常強烈，例如母親臨終的時候，對「灰姑娘」說了以下的話：

> 　　「親愛的孩子，你要虔誠、善良，這樣，仁慈的上帝就會永遠幫助你；我也會在天上向下望著你，陪伴在你身邊。」說完，她就閉上眼睛離開了人世。從此，小姑娘每天來到母親的墳前慟哭，她一直很虔誠、善良。❷

格林版的故事和《五日談》的〈可憐的灰姑娘〉一樣，魔法的協助來自一棵樹。不過是透過澤佐拉要父親向仙女要，而格林版的「灰姑娘」，要父親在回家路上，將碰到他帽子的第一根樹枝折下來給她，並把樹枝栽種到母親的墳前，最後樹枝長成大樹。兩個版本都強調了樹和母親的關係。格林版的魔法也牽涉咒語，「灰姑娘」說過五次咒語，兩次是揀豆子的試驗，每次向榛樹喊叫的話都一樣：

---

❶　巴西耳，頁 46。
❷　格林兄弟，冊 1，頁 168。

> 聽話的小鴿子、小斑鳩，還有天上所有的小鳥們，快來幫我
> 揀豆子，
> 好的放到碗裏，
> 壞的你們吃掉。**⑱**

另外三次是向榛樹要求舞會的衣服，也是每次的內容都一樣：

> 小樹啊，你彎一彎，搖一搖，
> 把金衣、銀衣扔給我。**⑲**

　　除了「灰姑娘」會唸咒語，象徵靈魂的鳥好像也會唸，好幫助灰姑娘真正找到拯救她的王子。灰姑娘的兩位姊姊，為了穿金鞋，分別把腳跟和腳趾砍掉，王子誤以為是自己的新娘，要把她們抱走，榛樹上的兩隻小白鴿就每次都這樣叫：

> 你瞧，你瞧，
> 血在鞋裏淌，
> 鞋子太磕腳，
> 真正的新娘還在家中坐。**⑳**

---

⑱　格林兄弟，冊 1，頁 171、172。
⑲　格林兄弟，冊 1，頁 173、174、175。
⑳　格林兄弟，冊 1，頁 177。

直到王子找到了真正的新娘，榛樹上的兩隻小白鴿又叫：

> 你瞧，你瞧，
> 鞋裏沒有血，
> 鞋子不磕腳，
> 真正的新娘娶回家。❷❶

德國模式的咒語通常包括三項要求：第一、召喚者是人類；第二、咒語由三個部分組成：神或自然力量的稱謂；形容一個過去的動作，以證明所召喚的力量的有效性，最後運用祈使語來請求。❷❷「灰姑娘」以女性的身份來施咒，表現了女性控制、指揮或影響自然的能力，❷❸女性與自然的親密聯繫，又與古代德國的社會信仰相關。❷❹

　　《五日談》和《格林童話》的版本，「灰姑娘」的主動性比較

---

❷❶　格林兄弟，冊 1，頁 178。

❷❷　Bottigheimer, p. 41.

❷❸　Bottigheimer, p. 43.

❷❹　《格林童話》中，〈灰姑娘〉、〈放鵝女〉（"The Goose-Girl"，89 則）、〈一隻眼、兩隻眼和三隻眼〉（"One-Eye, Two-Eyes, and Three Eyes"，130 則）、〈兩個國王的孩子〉（"The Two-King's Children"，113 則）和〈甜粥〉（"Sweet Porridge"，103 則）是女性使用咒語最突出的幾篇。（Bottigheimer, pp. 42-43）《格林童話》中的女性通常成功施咒，而男性的咒術往往因為環境或個人的影響而失敗，例如〈逍遙自在的人〉（"Brother Merry"，81 則）中的男主人公想模仿聖彼得令公主復生，卻因缺乏人體知識而失敗。（Bottigheimer, p. 50）

強，她雖然得到母親支援，但究竟如何使用從母親授予的魔法，仍然要靠她自己的努力。例如澤佐拉運用了自己的計謀，擺脫國王派來跟蹤她的侍從：第一次在地上扔了一把金幣；第二次丟下了珍珠、美玉和貴重的鑽石；第三次利用疾駛的馬車，擺脫了隨從，但卻不小心遺下一隻拖鞋。格林版的「灰姑娘」也一樣運用自己的努力，去處理難題，而不是完全被動地讓仙女幫她出主意。

3. 鞋的象徵

貝洛版的〈灰姑娘〉首先創造了玻璃鞋，研究者認為玻璃鞋的法文原意是皮毛，因為皮毛（vair）和玻璃（verre）兩個詞是同音異義語，貝洛在收集口傳故事的時候誤將皮毛理解為玻璃。但也有研究者認為「灰姑娘」的鞋總是要閃閃發亮，例如是金造的又或者像太陽一樣發光，所以貝洛版的玻璃鞋與事實距離不遠。㉕不過在眾多版本的鞋之中，只有貝洛版的玻璃鞋被迪士尼搬上了銀幕，鞋的意象才由貴重的金屬轉到玻璃；玻璃象徵完美無瑕，女主人公的貞潔開始走進了童話的想像世界。研究者認為玻璃和鞋之間的關係，也可以從猶太人的結婚習俗中見到，在儀式中，新郎要用鞋子把玻璃杯踏碎。㉖

雅各·格林在《德國法律故事誌》第一卷〈序〉的第四章〈象徵〉一節中，認為新娘讓新郎為她穿鞋，是德國古老的習慣法。如

㉕ 高木萬里子：〈シンデレラの靴〉，《グリム童話を讀む事典》，頁 291。

㉖ Samuel D. Fohr, *Cinderella's Gold Slipper: Spiritual Symbolism in the Grimms' Tales* (2nd rev. ed., New York: Sophia Perennis, 2001), p. 105.

果新娘願意把腳放進鞋裏，就代表願意服從男方，婚約才正式成立，所以穿鞋其實是古代結婚的儀式。❷

　　此外，日本民俗學者南方熊楠（1867-1941）發現故事的話型，最早可以上溯至中國唐代段成式的筆記小說《酉陽雜俎》，❷自此以後，〈灰姑娘〉的鞋意象和東方習俗也引起了不少研究者的興趣。❷特別是格林的版本敘述了兩位姐姐要砍掉腳趾和腳跟來穿鞋，彷彿有著中國古老纏足習俗的痕跡，沒有纏足的少女，因為不能符合男方的要求，很有可能無法出嫁。❸婚姻和男性的權力，在鞋的意象中可謂表露無遺。

　　如果比較巴西耳、貝洛和格林兄弟三個版本，單就鞋子的情節來看，貝洛版看來令人覺得透明純潔，彷彿不沾人間煙火；格林版的內容則較忠實於口傳故事的原初樣式，但無論在結構和象徵方面，都傾向完美；而《五日談》則是目前那麼多版本中，唯一最充滿情慾的。〈可憐的灰姑娘〉是這樣描寫國王拾到拖鞋時的心情：

---

❷　轉引自高木萬里子，頁 292；原文參 Jacob Grimm, *Deutsche Rechtsalterhümer* (Darmstadt: Wizzenschaftliche Buchgesellschaft, 1974)。

❷　刊於 1911 年的《東京人類學會雜誌》26 卷 300 號之上，後來文章收錄於《南方隨筆》之中。相關的研究要到 1930 年代才開始引起西方的注意。原文參南方熊楠：〈西曆九世紀の支那書に載せたるシンダレラ物語〉（公元九世紀中國書籍記載的灰姑娘故事），《南方熊楠全集》（東京：平凡社，1971），卷 2，頁 121-135。

❷　R.D. Jameson, "Cinderella in China", *Cinderella: A Casebook*, p. 71-97.

❸　Photeine P. Bourboulis, "The Bride-Show Custom and the Fairy-Story of Cinderella", *Cinderella: A Casebook*, p. 103-106.

「……你曾經包裹著一隻白嫩的小腳，現在是這顆黯淡的靈魂的軸心。你小巧玲瓏地站在這裏，高度只有一寸多點兒，卻儼然主宰著我的全部生命。我注視著你，我擁有著你，你在我的靈魂裏喚起了這麼多的柔情！」❸❶

其他的版本甚少描寫女性赤裸的腳，而〈可憐的灰姑娘〉卻有不少篇幅寫腳，例如國王看到澤左拉的腳，便完全被吸引：

他剛來到澤左拉面前，就被那隻腳迷住了，就像磁石把鐵吸引住了一樣。❸❷

在《五日談》的故事裏，灰姑娘好像變成了一個被男性凝視和戀慕的「物件」。

三、中國版本

目前〈灰姑娘〉型故事大多出現於西南一帶的少數民族，流佈的區域相當廣，但是在中國大部分地區，即東部和北部，〈灰姑娘〉型故事幾近空白。丁乃通（1915-1989）認為原因可能有三： 1.因為童養媳和婢女等習俗，繼女在一定的年齡就可以離開家庭，較少機會和繼母長期相處； 2.母親變牛或者動物，和中國佛教的因果

---

❸❶　巴西耳，頁48。
❸❷　巴西耳，頁49。

報應觀念相左； 3.古代的中國女性通常自己做鞋，繡鞋被認為是珍貴的信物，不能輕易丟失。丁乃通認為中國南方和少數民族區域，儒家思想未佔重要支配地位，所以〈灰姑娘〉型故事仍然可以有立足點。❸

　　中國版本的故事大多講述灰姑娘的母親去世後，父親再娶，繼母虐待她，讓她負擔沉重的家務。死去的母親化身為牛或小鳥，❸幫助她化解難題。村裏將近節日，或有戲班到來，「灰姑娘」想去參加，卻被繼母阻止，要她把豆子揀清，或給予其他試驗。但「灰姑娘」得到母親靈魂的幫助，穿著華美的衣服赴會，期間與繼母遇上，匆忙間丟下鞋子；又或回程時在河邊的橋底遺失鞋子。男主人公得到鞋子，以為與鞋的主人有緣，設法尋覓，兩人成為夫婦。不過大部分故事還有複合❸的情況，特別是和〈蛇郎〉型故事合流，情節通常繼續衍生：繼母得知，心有不甘，叫自己的女兒將「灰姑娘」推入井中，然後假扮姐姐回到夫家。「灰姑娘」死後化身小鳥，借牧人、婆婆或其他輔助角色的轉述，告知丈夫自己遇害的事實。「灰姑娘」因善心幫助別人煮飯或織布，獲得協助，和丈夫再度重逢，繼母與妹妹則下場悲慘。

---

❸　丁乃通：《中西敘事文學比較研究》（陳建憲等譯，武漢：華中師範大學出版社，2005），頁 121-122。

❸　蘇格蘭版本〈蕊辛・柯蒂〉（"Rashin Coatie"）中，灰姑娘的母親亦是變成牛，這點與中國版本相同。由於印度文化中，屠殺牛隻是對阿耆尼神的褻瀆，因此用別的動物代替牛。參雪登・凱許登（Sheldon Cashdan）：《巫婆一定得死──童話如何形塑我們的性格》（The Witch Must Die: How Fairy Tales Shape Our Lives，李淑珺譯，台北，張老師文化，2002），頁 126。

❸　「複合故事」即是一個故事由一個或以上的話型組成。

由於〈灰姑娘〉型故事是世界性的，在不同國家都分佈得很廣泛，而且源遠流長，無論在結構或細節方面，已經非常繁複，研究資料很多，絕對不可能在短小的篇幅之中，把脈胳交代得清楚。以下僅就《中國民間故事集成》中的版本，比對西方普及的〈灰姑娘〉型故事，就其引起爭議之處，概述一下中國版本的情況。

1.母女關係

中國童話的女性形象，一般都是農村式的，能操持一切農活和家務，絕少如貝洛版和格林版的家庭婦女，只負責廚房或者打掃等雜務，她們除了家務以外，還要做其他生計。例如唐代的〈葉限〉故事，葉限要做的是「淘金」、砍柴和汲水。❸⑥這個形象，在以後流傳的版本裏，一直沒有變。而灰姑娘得到死去母親的救助，可能是中國版本和西方主流版本最相似的地方，這個原初的母題，在流傳的過程中，好像一直沒有被遺忘。

大部分的中國版本故事，和西方一樣，都出現樹、鳥和揀豆的試驗，不過配搭的方法不一樣，中國也不經常有咒語。和格林、貝洛、巴西耳版本最不一樣的是，中國的〈灰姑娘〉型故事，雖然也有少數版本寫「灰姑娘」到母親墳前哭訴，但母親的墳前沒有樹，而大部分的情況是母親死後變成牛，「灰姑娘」每天放牛，向牛哭訴。後來牛被繼母宰殺，「灰姑娘」將牛的骨頭埋起來，母親再化作鳥，繼續提供幫助。許多時，埋骨的地方是分散的，最後「灰姑娘」可以分別從這些地方找到漂亮的衣服和鞋。

---

❸⑥　段成式：《酉陽雜俎》，頁 79。

　　母親和女兒的聯繫，在某些版本裏面，也異常深厚。例如〈達稼和達侖〉故事，原文有這樣的描述：

> 死去了的達稼的娘，聽見了女兒的哭聲，變成一隻烏鴉，飛
> 到屋頂上……❸❼

死去了的母親因為女兒的呼喚，化作鳥兒來為女兒提供救助。原來繼母阻止達稼去喝喜酒，要她把芝麻和黃豆逐一分開，又要她用穿了洞的桶去盛水。達稼不知如何是好，淒淒涼涼的哭，母親化成烏鴉教女兒用粗的篩子來揀豆，又教她用黃泥把桶的窟窿堵住。這些救助，都屬於一種生活智慧的傳承。又例如〈朵莎和朵坡〉，死去的母親最初化身為老婆婆，在水井邊要求女兒為她捉虱子。後來女兒覺得老婆婆很像自己的母親，就開始傷心起來，對她說出自己被繼母虐待的淒苦，老婆婆這才告訴她自己的身份：

> 我死後，在陰間受苦受累，才化魂附體來到陽間替你脫離苦
> 難。如今，我變成一頭母牛，讓你拉回家去，以後你有什麼
> 苦難就對母牛說吧。❸❽

〈朵莎和朵坡〉是描寫母女感情特別細膩的一篇。在《中國民間故事集成》裏的〈灰姑娘〉型故事中，某些和〈蛇郎〉型故事綜合起

---

❸❼　〈達稼和達侖〉，《中國民間故事集成·廣西卷》，頁591。
❸❽　〈朵莎和朵坡〉，《中國民間故事集成·廣西卷》，頁597。

來的版本，寫「灰姑娘」結婚生子以後，又被繼母害死，死後由骨頭化成別的形態，這個時候提供救助的人，一般是女性，例如〈米碎姐和糠妹〉的蝦婆、❸❾〈阿花和阿喳〉的老阿婆、❹⓿〈秋蓮〉的老大娘、❹❶〈朵莎和朵坡〉的老阿媽，❹❷而與此同時，在少數的「男灰姑娘」版本如〈豆皮皮和豆瓢瓢〉❹❸和〈白娃和黑娃〉❹❹中，救助「男灰姑娘」的則是白鬍子老漢。

2.驗鞋

〈葉限〉是目前所見的最古老的〈灰姑娘〉型故事，其中驗鞋的部分，強調鞋子金光閃閃，其輕如毛，比小尺寸的普通鞋子還要小一寸。陀汗國王遍尋國內婦人，無人合穿，最後只有葉限能穿上，巴西耳、貝洛和格林兄弟版本也有類似的驗鞋情節。不過，代表現代版本的《中國民間故事集成》中的〈灰姑娘〉型故事，驗鞋情節發生了一些變化，其中有部分故事和傳統的〈葉限〉故事很相似，強調鞋子的尺寸只適合「灰姑娘」，例如〈阿花和阿喳〉、❹❺〈狀元拾繡鞋〉、❹❻〈孔妮和潘妮〉、❹❼〈兩對母女〉❹❽等，前三

---

❸❾ 〈米碎姐和糠妹〉，《中國民間故事集成·廣西卷》，頁 601-603。

❹⓿ 〈阿花和阿喳〉，《中國民間故事集成·廣西卷》，頁 604-606。

❹❶ 〈秋蓮〉，《中國民間故事集成·廣西卷》，頁 606-610。

❹❷ 〈朵莎和朵坡〉，頁 596-600。

❹❸ 〈豆皮皮和豆瓢瓢〉，《中國民間故事集成·寧夏卷》，頁 258-261。

❹❹ 〈白娃和黑娃〉，《中國民間故事集成·甘肅卷》，頁 525-528。

❹❺ 〈阿花和阿喳〉，《中國民間故事集成·廣西卷》，頁 604-606。

❹❻ 〈狀元拾繡鞋〉，《中國民間故事集成·廣西卷》，頁 610-613。

❹❼ 〈孔妮和潘妮〉，《中國民間故事集成·吉林卷》，頁 542-546。

個故事都提到了繼母的女兒腳太大，沒辦法穿上，特別是〈孔妮和潘妮〉，穿鞋的情節很有《格林童話》的味道。原文如下：

> 姑娘們一個接一個地來試鞋，都不合腳。後娘讓潘妮去試，潘妮的腳傻大傻大，怎麼穿也穿不上，她使勁把腳往鞋裏塞，疼得直掉淚，還是穿不上。最後輪到孔妮，她一穿正合適，便做了王后。❹

上述的驗鞋情節，許多時都沒有一個節日的相遇來做引子，而改為在河裏拾到綉鞋，男主人公覺得自己拾到女性的鞋是一種緣份，於是開始追尋鞋的主人。丁乃通認為〈灰姑娘〉型故事一如某些最大和最重要的中國故事群，「緣」的概念是一個中國化的指徵。❺

除了以上四則故事以外，《中國民間故事集成》所收集的〈灰姑娘〉型故事，很多都沒有強調驗鞋情節，而只將鞋作為一種信物。例如最著名的現代版本〈達稼和達命〉，土司少爺一天經過河邊，馬不肯走，他下馬在河裏拾到一隻金色的花鞋，就覺得自己和掉了鞋子的姑娘有緣份，於是開始了認鞋的情節。達稼和繼母的女兒達命爭著認鞋，土司少爺沒有辦法，另外再出一道試題：誰的衣服能扣住橫在橋中央帶刺的樹枝，誰就是鞋的主人；達稼的衣服扣住了樹枝，就成了少爺夫人。此外，如〈米碎姐和糠妹〉的故事，

---

❹ 〈兩對母女〉，《中國民間故事集成·西藏卷》，頁 636-643。
❹ 〈孔妮和潘妮〉，頁 544。
❺ 丁乃通：《中西敘事文學比較研究》，頁 105。

花鞋完全是一種信物，繼母的女兒拿了另一隻鞋去配對，冒充鞋的主人，最後國王不得不招她為妻。

不過，現代的中國〈灰姑娘〉故事，有更多的版本沒有驗鞋情節，改為各自贈送訂情信物，如〈朵莎和朵坡〉，❺又或者完全刪掉了驗鞋的情節，以鞋作為答允婚姻的憑證，如〈秋蓮〉。❺

四、童話的精密結構：二重結構重複

格林版的〈灰姑娘〉故事是經過精心改編，結構異常完美的作品，而且由於故事話型年代久遠，其中蘊藏極豐富的神話元素，例如樹枝、灰、豆等，都是世界性的象徵。在情節結構的角度而言，這篇故事複雜地應用了對稱結構。一般童話大多出現三次情節重複，為了對稱，相同的情節很多時還會在故事前半出現三次、後半出現三次，造成二重結構重複，簡稱三、三結構；以這種三次重複結構為基礎，又出現二、二的二重結構。根據統計，《格林童話》的前五十則故事，約有三十則故事屬於三、三結構，另外有十一則故事屬於二、二或者其倍數四、四結構。《格林童話》的三、三結構大多具有層次，例如前半會以輕鬆的結局收場，而後半會以深重的危機或者難題開展，這種兩層結構被稱為「予選與決勝的二層結

---

❺　「朵莎送給洛賽一條金色彝錦腰帶，洛賽送給朵莎一條七彩頭巾，雙雙定下情。」（〈朵莎和朵坡〉，頁 598。）

❺　「羅艷秀才就對秋蓮講：『你的手工很好啊！請你連你那隻都送給我吧！』在瑤鄉如果姑娘送鞋子給後生，就算答應訂親了。」（〈秋蓮〉，頁 608。）

構」，❸而更特別的是二、二結構的故事，有大部分是和眼球的附著和脫落有關。❺

　　〈灰姑娘〉故事微妙地混合了三、三和二、二兩種結構，在基本的三、三結構之中，加入了二、二的模式，前半的結構是三、二模式，後半是三、三、二模式。前半的三、二模式是由女兒們的三個願望和兩次揀豆試練組成；後半的三、三、二模式則由三次舞會、三次驗鞋和兩次啄眼組成。前半是予選階段，因為灰姑娘得到自己的樹枝並完成了繼母的揀豆試驗，可算是圓滿結局；後半是決勝階段，三次驚險赴會與逃脫，三次鮮血淋漓的驗鞋，兩次分別啄走繼母女兒的左右眼球，最後「灰姑娘」得以和王子結婚。

　　由於《格林童話》的二、二結構一般和眼球附著和脫落有關，二次的揀豆試驗又微妙地由兩隻白鳥執行，所揀的豆又是扁豆，扁豆的德文 Linse 也可以解作眼球的晶體，兩隻白鳥從灰中啄走扁豆的行為，剛好和故事結尾的啄走繼母女兒的左右眼球配合起來。第一次意味著「灰姑娘」失去了眼球，第二次意味著從繼母女兒身上取回。❺這種對勻稱結構的迷戀，還可以從繼母女兒失去眼睛的情節安排中見到：

　　　　新娘新郎走進教堂時，大姊跟在右邊，二姊跟在左邊：兩隻
　　　　鴿子啄瞎了她們每人一隻眼睛。婚禮結束後，一對新人走出

❸　高橋吉文：《グリム童話／冥府の旅》（格林童話／冥府之旅）（東京：白水社，1996 年 10 月初版，1998 年 10 月 2 刷），頁 64-67。

❺　高橋吉文，頁 69。

❺　眼球的說法，參橋本吉文，頁 72-74。

教堂時，大姊在左，二姊在右，兩隻鴿子又啄了她們的另一隻眼睛。她們為自己的惡毒和虛偽受到終身失明的懲罰。**56**

《格林童話》特別是前五十回，是經過細心改寫的版本，這種嚴密對稱的結構是由口傳文學直接筆錄而來的童話版本所無的。所以，中國版本的結構一般很鬆散，試驗的方式也很隨意，很多時是理麻線，揀豆和挑水，沒有固定為揀豆，也沒有啄掉眼睛的情節。可以說，《格林童話》是在粗糙的原石之上，融入豐富的口傳文學知識，所雕琢出來的一顆璀璨的寶石。

五、現代繪本的情況

〈灰姑娘〉型故事的現代版本很多，不過情節大多根據貝洛及格林版本，從中增刪情節。**57**其中最普及的是迪士尼的簡化**58**和動

---

56 格林兄弟，冊 1，頁 179。

57 情節根據貝洛版本的有：霍甫曼（Mary Hoffman, 1945-）：《灰姑娘》（朱建中譯，香港培生教育出版社，2002）；熊仔角色 Ian Beck, *Cinderella* (London: Doubleday, 1999); Fran Hunia, *Cinderella* (Leicestershire, UK: Ladybird Books, 1993); C.S. Evans, *Cinderella* (London: David Campbell Publishers, 1993); Rose Impey, *The Orchard Book of Fairy Tales* (London: Orchard Books, 1992); Rene Cloke, *Cinderella* (London: Award Publications, 1991); Sue Ullstein, *Ladybird Graded Readers. Grade 4* (Loughborough: Ladybird Books, 1990). 格林版本改編的數量較少，但也有一些如 Gillian Croaker, *Cinderella* (Australia: Macmillan Education, 1995)；程樞榮編譯：《玻璃鞋》（香港：雅苑出版社，1982）。

58 Walt Disney, *Disney's Cinderella* (Loughborough: Ladybird, 1997).

畫版本。❺迪士尼版本沒有中國版本的民族背景，以一個「從前，一個很小很遠的國王」來展開故事。「灰姑娘」是很典型的美人，金頭髮、藍眼睛，與其妹妹形成強烈的對比，她雖然沒有母親的愛護，但是有小鳥和老鼠朋友。迪士尼版本中的動物都有名字，而且性格善良，幫助「灰姑娘」修補衣服，這些情節在故事前半部分佔了很多篇幅；後半部分按照貝洛版本來改編，並加入繼母將「灰姑娘」鎖起來，不讓她試鞋的戲劇性情節。

中國版本有由愛玲（Ai-Ling Louie）改寫，楊志成繪畫的《葉限》（*Yeh-Shen: A Cinderella Story from China*）❻。本書在〈葉限〉故事的基礎上加入老人的輔助者角色，將原來性別並不確定的輔助者確定為男性，❻其中沒有寫陀汗國王濫用魚骨祈求財富的情節，也沒有寫繼母和她的女兒被飛石擲死，洞人出於鄰憫而為她們立墓。

另一個中國版的繪本是李漢文改編的《無條件的愛：神奇的魚骨頭》。❻這本書的特色是以立體的拼貼畫來說故事，色彩的運用傳神地表現出葉限與小魚兒的情感，並如實地選用中國南方少數民族的服飾。和愛玲的版本一樣，以老爺作為輔助者，節日場面的處理亦甚為成功，使人代入參與慶典的歡樂氣氛。故事以一個淒慘的

❺ Walt Disney, *Cinderella* (Loughborough: Ladybird, 1998).

❻ Ai-Ling Louie, *Yeh-Shen: A Cinderella Story from China* (New York: Philomel Books, 1982).

❻ 原文是「忽有人披髮粗衣，自天而降」，丁乃通據此認為救助者並不是一位很高貴的神，和中國民俗裏的山神差不多，參丁乃通：《中西敘事文學比較研究》，頁 102。

❻ 段成式文，李漢文圖：《無條件的愛：神的魚骨頭》（台北：格林文化，2004）。

畫面作結，寫葉限將魚骨送歸大海，充滿感恩和不捨的心情，是其特別之處。

這兩個中國版本，彷彿吸收了「男灰姑娘」中的白鬍子老漢的形象，以男性作為輔助者或者敘述者的角色，減弱了母女的聯繫。

此外，王子救助的情節是現代版本比較喜歡顛覆的部分。巴貝柯爾（Babette Cole, 1950- ）《灰王子》（Prince Cinders）❻❸以現代的生活情境，寫「灰王子」的遭遇。故事一開始就寫「灰王子」不像王子，十分骯髒，他得到一個糊塗仙女的「幫助」，誤變成一隻毛茸茸的猴子，因為個子太大，無法進入舞會會場，在等公車回家時遇上公主，嚇了公主一跳。晚上十二時正，灰王子變回人，公主誤以為他從猴子手上救回自己，四出找尋害羞逃跑了的灰王子。本書的公主主動找尋心儀的對象，與傳統的「灰姑娘」大相逕庭。

印第安民間故事也有〈灰姑娘〉型故事，雷夫·馬丁（Rafe Martin, 1946- ）和大衛·夏農（David Shannon, 1959- ）的《怪臉女孩》（The Rough-Face Girl）❻❹即據此改編。故事講述「灰姑娘」被兩位心腸不好的姐姐欺負，終日要坐在火堆前，衣服破破爛爛。兩位姐姐向父親要求美麗的服飾，想嫁給「隱形者」，但只有能夠看到「隱形者」容貌的人，才可以成為他的妻子，兩人均失望而回。「灰姑娘」心地善良，看到天上的彩虹和銀河，找到真正的「隱形者」，兩人結成夫婦，過著美滿的生活。本故事以「隱形者」為借喻，指

---

❻❸ 巴貝柯爾：《灰王子》（Prince Cinders，郭恩惠譯，台北：格林文化，2001）。

❻❹ Rafe Martin, David Shannon, The Rough-Face Girl (New York: G.P. Putnam's Sons, 1992).

出內心的善良才是美的標準。❻

　　最後，東妮・強森（Tony Johnston, 1942-）及占美・華荷（James Warhola, 1955-）的《大腳板灰姑娘》（*Bigfoot Cindererrrrrella*）❻將故事場景移至加州的原始森林，那裏住著一位討厭別人破壞自然的大腳板王子，由於太愛自然，一直沒有娶妻。作者把灰姑娘描繪成一隻毛茸茸的大猩猩，她有巨大的腳板和鼻子，常常被繼母和姐姐欺負。後來她得到「教父」的幫助，參與族裏的節日慶典，與王子遇上。本故事的角色半人半獸，形象並不是「俊男美女」，而故事的主題是保護自然。作者成功運用民間故事的素材，注入新的元素，展示了超現實的想像力。

六、研究進階入門

1. R.D. Jameson. "Cinderella in China", In Alan Dundes ed. *Cinderella: A Casebook*. Madison, Wis.: U of Wisconsin P, 1988, pp. 71-97.

---

❻　這則故事源自加拿大東北部的土著密卡茂族（Mi'kmaq），十八世紀時期，族人聽到西方的〈灰姑娘〉故事版本，不滿別人歪曲故事的真義，所以將《怪臉女孩》的故事向一位採集故事的法裔加拿大人講述，故事自此為人所知。參中澤新一（1950-）：《人類最古の哲学》（東京：講談社，2001），頁 144-146；原典參 *The Algonquin Legends of New England* (Boston: Houghton, Miffin, 1884)；中澤新一著、牧野千穂（1965-）圖：《モカシソ靴のシソデレラ》（*Cinderella in Moccasins*，東京：マガジソハウス，2005）。

❻　Tony Johnston, James Warhola, *Bigfoot Cinderrrrrella* (New York: Puffin Books, 1998).

它集中討論葉限故事的中國特色，還比較了西方各個重要版本，是第一篇正式介紹中國葉限故事到西方去的論文。

2. Sheldon Cashdan. *The Witch Must Die: How Fairy Tales Shape Our Lives*. New York: Basic Books, 1999.

    中譯：《巫婆一定得死》，李淑珺譯，台北市：張老師文化，2001。

    本書的第五章以「妒忌」為主題，分析西方〈灰姑娘〉型故事的特點，並建議父母可以通過故事來紓解兒童對妒忌的感覺。

3. Marian Roalfe Cox. *Cinderella*. 全文可參互聯網址：<http://www.surlalunefairytales.com/cinderella/marianroalfecox/index.html>

    這部書收集了三百四十五個故事版本，並由安德魯·蘭格（Andrew Lang, 1844-1912）作序。

4. Anna Birgitta Rooth. *The Cinderella Cycle*. Lund: C.W.K. Gleerup, 1951.

    本書比較分析了世界各地的〈灰姑娘〉型故事版本，是目前資料最豐富的研究。

5. Ting Nai-Tung. *The Cinderella Cycle in China and Indo-China*. Helsinki: Suomalainen Tiedeakatemia, 1974.

    丁乃通比較中國和東南亞的故事版本，其中的文化特色，以及相互影響的可能性，是中國版本研究的先驅。

第五章
〈青蛙王子〉與〈青蛙丈夫〉：
滑稽與社會位階

一、序言

〈青蛙王子〉被格林兄弟認為是德國最古老的故事之一，1810年的《格林童話集》手稿本列為第二十五則。初版共分兩卷，而類似的話型也出現了兩個，分別刊於 1812 年第一卷第一則，名為〈青蛙國王和鐵漢亨利〉（"The Frog King and Iron Henry"），和 1815 年第二卷第十三則〈青蛙王子〉（"The Frog Prince"）。第二版以後，〈青蛙王子〉被刪去，只留下前者。這則故事在其後的版本中一直列於卷首，屬於 AT440 的故事類型，情節梗概如下：

1. 答應嫁給青蛙。(a)青蛙在噴泉旁邊為三姐妹中最年幼的少女送上清水（一個球跌入水中）；(b)青蛙要求少女嫁給牠作為回報。

2. 接待青蛙。(a)雖然少女已忘記自己的承諾，青蛙在她門前出

現並要求入內；(b)青蛙睡在門口、桌上，最後在床上。

3. 解除魔法。青蛙解除魔法，變為王子(a)因准許睡在少女的床
   上；(b)因一個吻；(c)因被斬首；(d)因被擲向牆上，或；(e)因
   青蛙外皮被燒。

4. 鐵漢亨利。(a)他忠實的僕人為免心碎，在胸口纏著三枝鐵
   棒；當主人獲救，鐵棒一枝一枝斷開。❶

二、〈青蛙王子〉故事的爭議

〈青蛙王子〉最著名的版本首推《格林童話》，這個版本在西
方也是爭議最多的。格林兄弟在故事末端的注釋提及，在德語圈中
〈青蛙王子〉大概有三十多個版本，此外，格林兄弟還詳細介紹了
蘇格蘭故事〈世界盡頭的水井〉（*The Tale of the Wolfe of the Warldis
End*），選自民間故事集《蘇格蘭的嘆息》（*The Complaynt of Scotland,
1548*）❷。

1. 粗鄙與文明的規範：承諾、憤怒與性

1823 年，泰納（Edgar Taylor, 1793-1839）將《格林童話》其中五
十篇翻譯成英文，以《德國著名故事》（*German Popular Stories*）為名
出版，〈青蛙王子〉在翻譯過程中被改寫了。泰納把故事原名〈青
蛙國王和鐵漢亨利〉改為〈青蛙王子〉；在故事情節方面，則巧妙

---

❶　Aarne, p. 149-150.
❷　中文譯名按日文轉譯，參高木昌史，頁 28-29。

地將兩個故事結合，開首部分沿用〈青蛙國王和鐵漢亨利〉的情節，而結尾部分則取材於〈青蛙王子〉。泰納版本在歐洲掀起了很大的回響，〈青蛙王子〉也隨之膾炙人口。

《格林童話》版本最惹人爭議的部分有：一、公主憤怒地把青蛙擲向牆壁；二、青蛙要求公主把牠放在床上，和她一起睡覺。泰納最明顯的改動是刪除《格林童話》原來較暴力的情節，公主變得順從和被動。

自 1810 年的手稿開始，格林兄弟曾經改易文本四次，但「公主憤怒地把青蛙擲向牆壁」的情節，由第一版至今都沒有很大的變動。原文如下：

> 青蛙吃飽之後，伸了個懶腰，說道：「呵，我好想躺下來睡覺啊，請帶我回妳的房間吧。請妳把床鋪好，我要跟妳一起睡覺。」聽到青蛙這麼說，公主不禁臉色大變。因為她向來最害怕冷冰冰又黏答答的青蛙，平常連碰都不想碰，如今居然要和這隻青蛙同床共枕？公主嚇得放聲大哭，說什麼也不願意和青蛙一起睡覺。國王看了非常生氣，嚴厲命令公主必須信守承諾。看到國王氣成那樣，公主只得心不甘情不願的用兩根手指頭拎起青蛙，把牠帶回自己的房間。不過，她並沒有把青蛙放在床上，而是一把將牠往牆上扔過去：「哼！這下你總算可以閉上嘴了吧，你這隻噁心的癩蛤蟆！」❸

---

❸　格林兄弟：《初版格林童話集》（許嘉祥、劉子倩譯，台北：旗品文化，

泰納的版本，完全刪除了以上情節，公主只是聽從父親的意見，遵守自己的諾言。原文如下：

> 當青蛙飽餐以後，就說：我現在累了，帶我到樓上放在你的小床。公主把青蛙帶上樓去，放在自己的枕頭上，青蛙在那裏睡了一整晚，天亮的時候，牠跳到樓下，到外面去了。❹

泰納的這種改動，中文譯本有不同的處理：公主仍然把青蛙扔到牆上，但原因是青蛙太可惡了，令公主氣憤難平。例如徐珞等譯的台北遠流版，增添了青蛙威脅的說話。原文如下：

> 最後青蛙說：「我吃飽了，覺得累了，帶我到你的小房間裏去，鋪開你的絲綢被，我要和你一起睡在你的小床上。」公主哭了，她害怕這隻冰涼的青蛙，連摸都不敢摸一下，而現在牠卻要睡到她漂亮、乾淨的小床上去。
> 國王生氣了，對她說：「牠在你困難的時候幫助過你，你不應該瞧不起牠。」
> 小公主只好用兩根手指捏起青蛙，把牠帶上樓，放在臥室的

2000），冊 1，頁 19。此為日文《初版グリム童話集》的中文譯本，是重譯本。

❹ Edgar Tylor, "The Frog Prince", in D.L. Ashliman ed. and trans., "Frog Kings: Folktales of Aarne-Thompson Type 440 about Slimy Suitors", *Folktexts: A Library of Folktales, Folklore, Fairy Tales, and Mythology*. 6 Sept. 2006 <http://www.pitt.edu/~dash/frog.html>.（引文由筆者翻譯）

牆角裏。她剛躺在床上，青蛙就爬過來說：「我很累，我想
和你一樣舒舒服服地睡一覺。把我放在床上去，不然我去告
訴你父親。」

這下她實在忍不住了，撿起青蛙使勁兒朝牆上扔去，說：
「這下你該老實了吧，你這隻討厭的青蛙！」❺

青蛙的威脅似乎成了公主盛怒的主因，把牠扔向牆壁就能博到讀者
多一點同情，這種讓青蛙變得討厭的描寫，在昆明晨光版中亦十分
突出：

最後，青蛙吃得飽飽的，又開口說：「哎呀！撐死我了，我
快走不動了，現在我覺得很睏，請讓我睡在你的床上吧！而
且，你還要吻我，說晚安，和我一起睡覺。」

小公主聽到這話，頓時哭了起來，別說和這隻大青蛙睡覺
了，就是碰碰牠都會被嚇破膽。這時候，皇帝對小公主說：
「當初人家盡力幫助了你，你不要忘恩負義，不管人家長什
麼樣，都要尊重牠才對。」

聽了父親的話後，小公主便伸出雙手把青蛙抱在胸前，向樓
梯走去。但是來到自己的房間後，她又把青蛙拋到了房子的
小角落裏。當她爬到床上睡覺的時候，青蛙在床下喊道：
「我很睏，我要你吻我說晚安，抱著我一起睡！否則，我就
告訴你的父親，他會罵你的。」

---

❺ 格林兄弟，冊1，頁6-7。

這一下把小公主氣瘋了，她假裝低下頭，要去吻青蛙，卻等青蛙閉上眼後，猛地抓起青蛙的雙腿向牆上摔去，想要把青蛙摔死。❻

上述的譯文較遠流版還多了兩個信息：一、不管人家長得怎麼樣，都要尊重才對；二、青蛙很無賴，硬要公主吻牠說晚安，並要抱著牠一起睡。由於青蛙惹人討厭，讀者大多會同情公主，不認為她粗野無禮。在昆明晨光版的前言，編者還不忘說明每則童話的教訓，〈青蛙王子〉的教訓是：「對待朋友要誠實，以心相容。無論是對人還是對自己一定要遵守承諾。」❼

在英譯和中譯本中，公主憤怒地把青蛙摔向牆邊而失去儀態的情節，皆被合理化了。至於青蛙與公主同眠的要求，亦只出現在《格林童話》的手稿本，原文如下：

當青蛙撞向牆壁以後，隨即掉到牀上，並變成了英俊的王子，躺在那裏，而公主遂與他躺在一起。❽

1812 年初版的《格林童話》，沒有了「公主遂與他躺在一起」，而改成了「他現在成了她最親愛的伴侶，而她亦信守諾言，非常珍

---

❻　格林兄弟：《格林童話》（讀圖時代出版公司編譯，昆明：晨光出版社，2004），頁 60-61。

❼　格林兄弟，讀圖時代出版公司編譯，前言，頁 2。

❽　參 Ann-Kathrin Clavijo, *Frog Kings: Cultural Variants of a Fairy Tale* (M.A. Thesis, Florida State U, 2004), p. 19.

惜他，他們快樂地一起睡去。」❾到了 1819 年的第二版，青蛙再不是掉在牀上，而是掉在地上。此外，「他得到了國王的允許，正式成為了她的親密伴侶和丈夫，他們現在快樂地一起沉進了夢鄉。」❿

《格林童話》的三次改動，第一次暗示了公主愛上了王子，第二次露骨地描述了公主的愛意，第三次則完全隱藏了公主的主觀意願，王子也不再魯莽地掉在公主的牀上，故事結局的重心很巧妙地從公主轉移到國王的權力之上。

泰納的英譯本只說青蛙睡在公主的枕頭上，到了第三天的早上，公主醒來看到一位英俊的王子站在床頭，用他漂亮的眼睛看著她。⓫

2.異類婚姻故事的童話公式

《格林童話》的〈青蛙王子〉有違童話公式。童話裏一般的解咒方式是公主愛上王子，藉著愛解除王子身上的魔咒。〈青蛙王子〉的情況卻是公主厭惡王子，但誤打誤撞，意外地除去了他的魔咒。許多讀者皆假設童話裏的公主應該遵守諾言，還應該聽從父親的說話；〈青蛙王子〉裏的公主對青蛙滿腔討厭的態度，到最後忍無可忍的憤怒行為，不獨違反承諾，也違抗了父親的命令，毫不合乎一般道德準繩。這種違抗，出現於公主自我意識湧現的瞬間，意

---

❾　Clavijo, p. 19.

❿　Clavijo, p. 19.

⓫　Taylor 的譯本，參 Ashliman, p. 5.

味她要親手取回自己的幸福,不過,也是因為這種違抗,王子才獲得重生。這是《格林童話》版本最吸引人的地方,亦是最惹爭議之處。

其實,在同類型故事之中,公主發怒的情節並不多見。例如出版於 1854 年的一則名為〈中了魔法的青蛙〉("The Enchanted Frog")的德國民間故事,父親為了取得女兒要求的玫瑰,誤進玫瑰城堡,被魔法凝固住,迫不得已答應青蛙的要求,把三女兒嫁給他。結婚後第一個早晨,青蛙因為公主的愛解除了魔咒。公主最初是不願意嫁給青蛙的,文中描述公主被青蛙的僕人接走時,驚恐得亂叫亂嚷,但是青蛙甜美的歌聲終於打動了她,她更主動帶青蛙到床上為牠蓋好被子。❶另一則可以追溯至 1548 年的蘇格蘭民間故事〈索飲井水的王后〉("The Queen Who Sought a Drink from a Certain Well"),公主面對青蛙不憤怒,也不驚恐,並遵守結婚承諾。公主不像格林版本所描述的那樣,為了拾回金球而答應青蛙的婚約,而是為了拯救要喝到清澈的井水,病才會好的母親。青蛙三次要求公主把牠放在舒適的地方,每一次都不滿意,公主從沒有生氣。直至故事高潮,公主把牠放到火爐旁邊的小床,青蛙要求公主用劍把牠的頭砍下來,劍一碰到牠的頭,魔咒就解除了,回復為英俊的王子。❶編選者坎貝爾(J.F. Campbell)在注釋中表示,這則故事可以溯源至 1548 年,歷時久遠,並且存在明顯的德語痕跡,例如青蛙每次埋怨時所

---

❶ Carl & Theodor Colshorn, *The Enchanted Frog,* Ashliman 翻譯,參網頁。

❶ J.F. Campbell, *Popular Tales of the West Highlands* (London: Alexander Gardner, 1890), Vol. 2, no.33, p. 141-143. 轉引自 Ashliman 網頁。

唱的小歌，就是運用德語語音模擬蛙叫，他在改編的時候，曾嘗試把聲音轉成英語發音。❹

　　從以上兩則古老故事可知，《格林童話》的〈青蛙王子〉是一個比較特別的版本，公主很自我中心而且任性，她的承諾不是為了什麼偉大的目標，而且行為也不符合道德規範。

三、中國版本

　　中國的異類婚姻故事和西方有些不一樣，但目前沒有很詳細的分類系統，然而參照日本童話分類，可以發現許多不同模式的異類婚姻故事。例如男性是動物的話，有以下幾種類型：1.猿婿型；2.夜訪者型；3.神賜兒子型。「猿婿型」是父親為了某種原因，答應把女兒嫁給猿猴，女兒憑著機智逃走；❺「夜訪者型」是動物變作英俊青年，每天晚上到訪女家，後來被女方母親發現，暗中佈局，讓蛇郎現身，不能再回來；❻「神賜兒子型」則是老夫婦無子，晚年得到一個怪異的兒子，兒子樣貌雖醜，但擁有異能，靠本領娶到媳婦，結婚當晚更變成俊男。❼在中國流傳得最廣的是第三類，又叫作「青蛙丈夫型」。故事遍佈不同省份，大部分出現於西藏、甘肅、遼寧、山西、湖北、廣西、吉林和四川等地。

---

❹　參 Ashliman 網頁。
❺　可參〈猴女婿〉，耿金聲譯，《日本民間故事選》，頁 26-28。
❻　可參〈蛇女婿〉，王慶江譯，《日本民間故事選》，頁 436-437。
❼　可參〈田螺長者〉，耿金聲譯，《日本民間故事選》，頁 5-12。

1.怪異兒與青蛙王子：人和自然

丁乃通將「青蛙丈夫型」編碼為 AT440A，以區別於〈青蛙王子〉（AT440），其中最大的不同是增加夫婦求子的情節，及在許婚的過程中，青蛙丈夫建立不同的功績。類似的〈青蛙丈夫〉型故事，其實在《格林童話》也有，名叫〈漢斯我的刺蝟〉（"Hans-My-Hedgehog"，108 則），編碼為 AT441。這個故事話型沒有被丁乃通收編，但卻和中國的〈青蛙丈夫〉型故事很相似，也是夫婦求子，生下怪異兒，怪異兒娶得公主才能解除魔咒，在結婚當天晚上，脫下刺蝟皮，變回英俊的王子。❶❽無論〈青蛙王子〉或者〈漢斯我的刺蝟〉，人變成動物都和魔咒有關，但中國的青蛙丈夫並非中了魔咒才變成動物，而是上天給予年老無依的夫婦的恩賜——他可能是天上的神仙下凡，或者是藉動物之身在人間修煉。

小澤俊夫認為東方人的自然觀和西方人不一樣，人和自然的關係比較親切，覺得人也是動物的一種，所以在動物變形為人，又或者變回動物的時候，故事的敘述語氣都很平淡，從來沒有試圖解釋變形的原因。❶❾這種情況在中國〈青蛙丈夫〉型的故事一樣可以見到，例如青蛙變成英俊男子一幕，在我們搜集到的二十多則故事中，沒有一則故事說明為什麼人能變成動物，又或者動物能變成人。又例如西藏的〈沒有鼻子的孩子〉，內容關於一對夫婦老來得

---

❶❽ 這在編碼方面可能有值得斟酌的地方，究竟是 AT441 應該編入 AT440 的亞型，還是 AT440A 的〈青蛙丈夫〉型應該另成一型？有研究者將〈青蛙丈夫〉型故事歸為 AT441，和丁乃通的歸類不一樣。

❶❾ 小澤俊夫：《昔話のコスモジー：ひとと動物との婚姻譚》，頁 87。

子，孩子卻一出生就沒有鼻子。孩子長大後，憑本領娶得妻子，在洞房那天晚上，變成英俊的男子。故事交代人類變形瞬間的時候，語氣異常平淡，原文如下：

> 他對父母說：「兒媳就在後面，請收拾好兒媳的房間，請準備好豐盛的飯菜。」沒過多久，三姑娘走進他們的家門，發現自己的丈夫變得如此英俊，心裏充滿喜悅。❷⓪

　　三個女兒不願意嫁給沒有鼻子的人，主要考慮的是經濟問題，例如大女兒認為嫁給一個沒有鼻子的人，還不如嫁給一個鐵匠；二女兒寧願嫁給一個屠夫。沒有鼻子的主人公用一輛永遠都裝不滿的馬車裝走女方全家的糧食，三女兒才想，家人以後難以維生，倒不如委身下嫁，換取一家溫飽。最後丈夫變成英俊的男子，她滿心喜悅；兩個姐姐起初還半信半疑，看見妹夫英俊不凡，才感到後悔不已。

　　又例如甘肅的〈蛤蟆兒子〉，老夫婦晚年得子，是從拇指頭爆出來的一隻癩蛤蟆。「他」長大後要求父母為他說親，父親卻不同意，他遂偷偷脫下癩蛤蟆皮去看戲，讓王員外的女兒對他一見傾心。蛤蟆兒子為王員外變了一屋金子，王員外才答應親事。成親的晚上，癩蛤蟆脫掉麻皮變成少年，但白天又重新穿上，每天如是。後來媳婦實在不能忍受少年白天醜陋的樣子，藏起了皮，結局是蛤

蟆兒子用皮煮湯，大家喝後一起升天❷。故事沒有交代為什麼癩蛤蟆可以脫皮，也沒有交代怎麼飛天，人獸變形的過程，彷彿理所當然。

〈神賜兒子〉型故事最引人入勝的地方，是老夫妻晚年得子的神奇經歷和兒子奇怪的長相。兒子擁有動物外貌，卻和真的動物不一樣，徘徊於人與獸之間；怪異兒子多與神仙拉上關係，具有神性。神賜兒子和仙人的關係描述，在許多〈青蛙丈夫〉型故事中出現，除了上述喝下蛤蟆皮湯令全家升天的故事以外，還有媳婦燒蛙皮而阻礙丈夫修道成仙；❷也有媳婦燒皮時唸錯咒文，丈夫因而錯過斬妖除害的機會；❷又或者妻子燒掉丈夫外皮，丈夫不得已要返回天庭等。❷此外，也有主人公是金蟾童子或善財童子下凡的說法，例如遼寧的〈蛙兒〉❷和山西的〈蛤蟆兒〉❷等。

2.價值倒反與社會位階：青蛙丈夫的滑稽

中國的「青蛙丈夫」不是因為詛咒而變成動物，而是神給人類的恩賜，和《格林童話》的「青蛙王子」很不一樣。

神賜的兒子大多擁有神話英雄的特徵，其中最普遍的有神奇的出生，例如從拇指走出來、或者從膝蓋、從肉蛋、也有從家裏的客

---

❷　《中國民間故事集成·甘肅卷》，頁391。

❷　〈青蛙仙子〉，《中國民間故事集成·四川卷》，下冊，頁866-869。

❷　〈癩疙寶討媳婦〉，《中國民間故事集成·四川卷》，下冊，頁1174-1177。

❷　〈蛤蟆兒子〉，《中國民間故事集成·遼寧卷》，頁463-467。

❷　《中國民間故事集成·遼寧卷》，頁461-463。

❷　《中國民間故事集成·山西卷》，頁455-457。

人的肚裏走出來。他們有異於人類的長相，例如有些兒子沒有鼻子、有些是干山羊的尾巴、有些是癩蛤蟆。

　　大部分怪異兒子生長在經濟與感情都非常匱乏的家庭，有些得不到父親的認同，出生後父親視他為恥辱，離開家庭，例如吉林的〈蛤蟆兒〉，父親要把兒子扔掉，母親不肯，最後父親離家十八年，❷又如四川的〈癩疙寶娃娃〉，父親說如果一天不殺癩疙寶，就一天不回家。❷另外一些故事，大部分是鰥夫寡婦，老來無依，怪異兒出生後為父母帶來依靠，兒子長大後從事耕作，帶來財富。

　　怪異兒爭取脫離社會底層，攀向社會的上層，往往運用無賴的手段，他的異能大多具有破壞性，這個特徵是中國獨有的。這些無賴的手段包括沒有節制的哭、叫、吐和吃等，哭、叫、吐和吃等日常行為在怪異兒身上被誇張化，增加非人的怪異感覺。例如四川的〈青蛙仙子〉❷和〈癩疙寶討媳婦〉，❸青蛙一哭，暴雨就像桶裏的水往下倒，繼而山搖地動，狂風雷暴。又例如湖北的「蛤蟆駙馬」叫三聲就可以退敵；❸甘肅的「蛤蟆王子」可以吐半園子的蛆；❸至於西藏的「沒有鼻子的孩子」用一輛永遠都裝不滿的小馬車，騙走人家的糧食。❸

---

❷　〈蛤蟆兒〉，《中國民間故事集成·遼寧卷》，頁 465-466。
❷　〈癩疙寶娃娃〉，《中國民間故事集成·四川卷》，上冊，頁 508-510。
❷　〈青蛙仙子〉，《中國民間故事集成·四川卷》，下冊，頁 866-869。
❸　〈癩疙寶討媳婦〉，《中國民間故事集成·四川卷》，下冊，頁 1025-1028。
❸　〈蛤蟆駙馬〉，《中國民間故事集成·四川卷》，下冊，頁 442-443。
❸　〈蛤蟆兒子〉，《中國民間故事集成·甘肅卷》，頁 389-397。
❸　〈沒有鼻子的孩子〉，《中國民間故事集成·西藏卷》，頁 476-477。

除了不懂節制的身體活動，怪異兒又會偷竊和要脅，不顧社會秩序，例如西藏的〈干山羊尾巴〉，不獨偷小偷的東西，還偷國王的命根玉；❸甘肅〈蓋賽爾的故事〉的主人公則偷布、偷騾；❸如果女方不答應婚事，怪異兒還會耍賴，例如四川的〈青蛙王子〉，把房子反轉，天朝地，地朝天；❸山西的「蛤蟆兒」把碾盤掉到井裏，故意令村人取不到水。❸

怪異兒又最愛使狡猾的欺詐技倆，例如甘肅的〈蛤蟆王子〉、❸遼寧的〈蛤蟆王子〉❸和四川的〈癩疙寶的故事〉，❹都是先脫去外皮變成英俊小伙子，引誘女方主動答應婚事，女方在洞房夜，才知道嫁給了一隻癩蛤蟆。也有些故事屬於強搶調戲類的索婚，例如甘肅的〈蓋賽爾的故事〉，主人公坐在門檻上，硬說女方跨不過門檻就要嫁給牠；❹還有湖北的〈癩大仙〉，偷偷拾走了女方編織的花襪，訛稱女方已經私下許婚，如果不答應，就要打官司；❹而品性最壞的可能是甘肅的〈汆孫子〉，殺掉富漢，嫁禍他人，強迫對方下嫁女兒。❹

❸　〈干山羊尾巴〉，《中國民間故事集成·西藏卷》，頁 478-482。

❸　〈蓋賽爾的故事〉，《中國民間故事集成·甘肅卷》，頁 397-401。

❸　〈青蛙兒子〉，《中國民間故事集成·四川卷》，下冊，頁 1378-1380。

❸　〈蛤蟆兒〉，《中國民間故事集成·山西卷》，頁 455-457。

❸　〈蛤蟆兒子〉，《中國民間故事集成·甘肅卷》，頁 389-397。

❸　〈蛤蟆兒子〉，《中國民間故事集成·遼寧卷》，頁 463-467。

❹　〈癩疙寶的故事〉，《中國民間故事集成·四川卷》，下冊，頁 1174-1177。

❹　〈蓋賽爾的故事〉，《中國民間故事集成·甘肅卷》，頁 397-401。

❹　〈癩大仙〉，《中國民間故事集成·湖北卷》，頁 438-442。

❹　〈汆孫子〉，《中國民間故事集成·甘肅卷》，頁 401-403。

　　西方的「青蛙王子」和「刺蝟漢斯」都有可笑的外型和癲狂行為，例如青蛙要公主和牠結婚；漢斯是個半人半刺蝟的動物，連牧師都不願意為他施行浸禮，他騎著一隻裝上鐵掌的公雞到處去。但他們都沒有要賴，只是和對方公平交易，強調實踐承諾的重要。與此相對，中國「青蛙丈夫」的滑稽感不單在於外表，還在行為上顛覆常人的道德觀念，挑戰社會的規範。中國在翻譯《格林童話》的過程中，經常把青蛙王子變成無賴，可能源於中國〈青蛙丈夫〉型故事對於滑稽的偏好。

四、童話的波動與穩定結構：　　故事結尾的力學

　　童話情節的開端和發展，多以眼前的人事為主，較少預示未來，而童話的結尾，一般都是大團圓結局。換言之，人物只要圓滿解決面前的難題，就會走向幸福的未來。格林版的〈青蛙王子〉的每一個情節，公主都是患得患失地應付：從失掉金球，與青蛙立約，到青蛙來訪與她一起晚飯，一起睡覺，都不在公主意料之中；青蛙王子每一個突如其來的要求，都屬於波動的結構元素。青蛙王子的每一個要求，都考驗公主的耐性，故事的高潮講述青蛙王子被公主用力擲向牆邊，顯示公主的神經質和無法忍受恥辱的心理狀態。這個高潮也是波動的結構元素，如果青蛙王子被摔死，故事失去主人公就要停止，就在青蛙瀕臨摔死的一刻，故事出現轉機：青蛙變成王子，公主愛上了他，兩人結婚，故事情節繼而從波動走向穩定。〈青蛙王子〉透過情節不斷的變化和波動，然後突然轉向穩

定，讓讀者產生驚奇，感受到幸福得來不易，在閱讀過程中，讀者繃緊的神經突然鬆弛下來，產生無限的趣味。❹

　　這種波動和穩定的對比結構，不是童話結尾的普遍定律，例如中國的〈青蛙丈夫〉型故事，「天意」的味道很重，許多故事都不在青蛙變回人形的瞬間戛然而止，故事還繼續發展，例如青蛙在日間依然穿上蛙皮，直至妻子把皮燒掉為止；也有主人公的外皮燒掉以後，不得已要回天庭，與親人告別；甚至有主人公與親人一起升天，但雙親捨不得家裏的雞或者牛，而變成老鷹、老虎等動物留在人間，兒子則獨自升天。這樣的結局沒有西方式的安定感，因為人最終變成動物，男女主人公也沒有美滿地生活下去。男主人公脫掉蛙皮的瞬間，故事還沒有結束，讀者無法在變回人形的一刻產生圓滿的心理感受，因為一切好像仍然在變動之中，人和動物都還受著天意的支配。

五、現代繪本的情況

　　格林版的〈青蛙王子〉，有很多不同的現代繪本，其中著名的有比內特‧施羅德（Binette Schroeder）改編及繪圖的英文繪本。❺全書的情節與《格林童話》大致相同，並且以冷色調為主，描繪出故事神秘與不可思議的氣氛。藍與綠的主色調，營造出青蛙身體冷冰

---

❹　小澤俊夫：《昔話の語法》（昔話的語法）（東京：福音館書店，1999 年 10 月初版，2002 年 2 月 2 刷），頁 325-328。

❺　Jacob Grimm and Wilhelm Grimm, *The Frog Prince: Or Iron Henry* (illustrated by Binette Schroeder, trans. Naomi Lewis, New York: North-South Books, 1989).

和濕滑的感覺；廣闊的風景構圖與細小的人物形成反差。畫家巧妙地以連續的畫格描寫人物的行動與情緒變化，如公主由失去金球的悲傷，至得到青蛙幫忙的驚喜，這個過程僅以三幅長形畫格表現出來，紅與綠的對比色帶出公主與青蛙身處兩個不同的世界，呈現出人與動物的差別。宮殿裏的樹整整齊齊地排列著，森林裏野生的草叢則枝葉交纏，構成了文明與蠻荒的空間。畫家沒有放過故事的細節，例如描寫青蛙訪尋公主時的艱苦，就足足用了五個畫格，描寫青蛙千辛萬苦爬上石級，從而顯出公主不守承諾的不對。又例如後來國王批准青蛙進入宮殿，青蛙大快朵頤，弄髒了公主的裙子，弄污了整潔的皇宮，公主的表情變化讓人忍俊不禁，也從公主的角度刻劃出與青蛙為伴的難堪。故事高潮是青蛙變身成為王子，繪本運用連接動作的圖像表現出來，月光下這一齣變形記神秘詭異。不過這本書沒有如《格林童話》那樣，強調憤怒的瞬間，公主把青蛙擲向牆邊的時候，什麼也沒有說。

　　另一本以格林版為藍本的改編繪本，是愛麗絲·白瑞（Alix Berenzy）的《追夢王子》❹（*A Frog Prince*）。本書有趣的地方在於青蛙反思和追尋自我的過程。故事前半部份講述青蛙愛上公主，一直默默地看望著她。一次，公主的金球跌進水裏，公主對青蛙哭訴，並且承諾如果牠能找回金球，大家就可結為朋友，一起吃晚餐和睡覺。青蛙相信她的說話，可是公主找到金球後，立即轉身奔回宮殿，撇下青蛙不管。青蛙有禮貌地去找公主，可是公主十分無禮，令青蛙很傷心。青蛙決定離開，找尋真正善良的公主。牠在路上救

---

❹　愛麗斯·白瑞：《追夢王子》（管家琪譯，台北：格林文化，1994）。

了白鴿和小烏龜，烏龜為了報恩，幫助青蛙越過大海，青蛙一直堅持，直到來到世界的盡頭，他疲憊不堪，倒在地上便睡著了，醒來時發現自己來到一座城堡。牠走進城堡，發現一位正在熟睡的青蛙公主，青蛙說明自己的來歷，公主認為牠能夠以行動來證明自己的價值，是一位真正的王子，於是提議結婚。這個故事對不守承諾的公主，始終抱有負面的評價，但結局是青蛙王子跟青蛙公主結婚，沒有人受委屈，也沒有出現魔法。

最後值得一提的是由郝廣才撰文，柯明繪圖的《蛤蟆蛙》，**⑰**這本書以鮮明的民族風格，重新編寫中國版本的青蛙兒子故事。本書以簡潔的線條，描繪青蛙躍動的情態，充滿明快的節奏感。故事的人物穿的是中國傳統服飾，畫頁甚有傳統「年畫」的風格。本書還加插一段青蛙救美的情節，講述村裏的姑娘荷香掉進水裏，她的父親嚷著誰人可救回荷香，就可娶她為妻。青蛙福子捨命相救，後來荷香的父親反口，更罵福子是「癩蛤蟆想吃天鵝肉」。一次，村裏發生蟲禍，青蛙福子集合所有青蛙朋友，消滅害蟲，村人得以保存莊稼，可是福子卻因此死去。荷香傷心地抱著福子痛哭，沒想到眼淚把青蛙變成一位英俊的少年，最後兩人成親，福子年老的雙親知道兒子娶得媳婦開心不已。這個改編本將青蛙「英雄化」，強調了牠善良、英勇和正義的性格，與其他民間故事裏愛哭愛搞破壞的癩皮形象完全不同。另外，故事也沒有描寫青蛙脫皮的情節，而用眼淚和真情作為解咒的關鍵，完全是西方版本的模式，仙人和道家修煉的想法，在全書都找不到痕跡。

---

⑰ 郝廣才：《蛤蟆蛙》（柯明圖，台北：遠流出版，1992）。

六、研究進階入門

1. Bruno Bettelheim. "The Animal-Groom Cycle of Fairy Tales", *The Uses of Enchantment: The Meaning and Importance of Fairy Tales*. London: Penguin, 1991, pp. 277-310.

   這一章分析了動物新郎的形象，並詳細分析格林版〈青蛙王子〉的心理象徵意涵，讀者可從中進一步認識心理學者如何解讀童話的異類婚姻。

2. 林繼富：〈青蛙美女的婚戀〉，《湖北民族學院學報》（哲學社會科學版）19 卷 3 期，2001 年，頁 5-10；〈中國怪孩子故事亞型及家族倫理思想〉，《民族文學研究》1999 年 4 期，頁 20-25；〈源於怪的力和美──中國怪孩子故事的審美藝術〉，《西北民族研究》37 期，2003 年，頁 127-133、206。

   作者將中國故事按情節分類，勾畫出中國〈青蛙丈夫〉型故事的大概分布情況，並分析中國「怪孩子」故事的主要特徵。

3. 小澤俊夫：《昔話のコスモジー：ひとと動物との婚姻譚》（《民間故事的宇宙：人與動物的婚姻談》），東京：講談社，1994 年 10 月初版，2005 年 1 月 10 刷。

   本書主要圍繞異類婚的民間故事，探討不同民族同類型故事的內容差異，從而展示日本人的自然觀，是一部深具啟發性的著作。

4. 大室幹雄：《滑稽群像》，譯者不詳，台北：河洛圖書出版社，1978。

   這本書以《史記・滑稽列傳》為對象，討論滑稽的社會功能，

是大室幹雄有關滑稽方面的系列著作中，唯一的一部中譯，其他相關的還有《正名と狂言：古代中國知識人の語言世界》（《正名與狂言：古代中國知識人的語言世界》）（東京：せりか書房，1986）、《劇場都市：古代中國の世界像》（《劇場都市：古代中國的世界像》）（東京：筑摩書房，1994）。

5. Ruth B. Bottigheimer. "Natural Powers and Elemental Differences", *Grimms' Bad Girls and Bold Boys: The Moral and Social Vision of the Tales.* New Haven and London: Yale U P, 1987, pp. 24-39.

《格林童話》的象徵體系是女性不能近火，男性不能近水，走近與自己不相配的元素，就會發生危險。青蛙王子是在井邊被降咒的，是這個象徵體系的例子之一。

第六章
〈白雪公主〉與魔鏡

一、序言

〈白雪公主〉的故事家傳戶曉，可以說是最為人喜愛的童話之一。迪士尼把這個故事改編成動畫《白雪公主與七個小矮人》（或稱《雪姑七友》），也是迪士尼公司歷來最成功的動畫長片。❶根據 AT 故事分類系統，〈白雪公主〉編號為 AT709，主要結構如下：

1. 白雪公主與後母：白雪公主肌膚如雪，唇如血；魔鏡告訴後母白雪公主比她漂亮。

2. 拯救白雪公主：後母命令獵人殺害白雪公主，但獵人放走了她，並代之以動物的心，拿到後母處交差；後母預計白雪公主會被小矮人殺害，但小矮人待白雪公主如妹妹一樣。

3. 毒殺：後母先後以有毒的緞帶、髮梳和蘋果，企圖殺害白雪公主。

---

❶ 凱許登，頁 68。

4.小矮人的幫忙：小矮人成功拯救了白雪公主兩次，但最後毒
　蘋果還是奪去白雪公主的性命，他們將她放進玻璃棺材裏；

5.白雪公主復活：王子救了白雪公主，後母穿上燒紅的舞鞋，
　跳舞至死。❷

二、〈白雪公主〉故事的爭議：美麗與嫉妒

〈白雪公主〉最著名的版本首推《格林童話》，而該版本也是
歷來爭議最多的。從 1810 年的手稿本到 1812 年第一版，再至
1819 年第二版，改動的情節非常多，其中以第一版的變更最大。
這些變更包括王后的形象變得很凶惡，而且不再由國王拯救公主，
改由王子擔任積極的角色，例如王后命令獵人取走白雪公主的肺和
肝，還用鹽煮來吃；而王子在森林中見到玻璃棺材，懇求小矮人讓
他搬進自己皇宮的房間每天看護等情節，都是手稿本沒有的。手稿
本中也沒有出現獵人，王后遺棄白雪公主在森林中，以為野獸會把
她吃掉，後來國王在森林中發現了玻璃棺材，遂請來醫生把她救
活，並許配給一位王子。由此可見，格林兄弟最初構思情節時，王
子的角色並不吃重。

第二版的情節又多了一些改動，王后變成了後母，因為王后生
下白雪公主之後就死去，國王再娶；後母妒忌白雪公主的美貌，設
下狠毒的謀殺計劃。自第二版開始，後母的魔女形象越趨明顯，尤
其她每次知道白雪公主還未死去的強烈反應，以及運用魔術來製造

---

❷　Aarne, p. 245-246.

毒梳和毒蘋果等情節，都顯得暴戾殘忍。格林兄弟亦為她的死亡增添許多筆墨，殘酷的場面描寫得很細緻。

《格林童話》將白雪公主的親生母親改寫成後母，後母因邪惡的行為，獲得殘酷的下場，故事的善惡分野更清楚。至於白雪公主的形象自手稿本以來，變得越來越被動，特別是第一版，女性等待王子拯救的信息非常明顯。故事帶出惡人因邪惡行為而得到罪有應得、絕不寬待的懲罰信息，研究者認為這間接助長和推動了納粹的人種政策。❸也有人認為王子拯救公主，使女性變為無助和被動的弱者，迎合了資本主義中產階級的意識形態，但對女性來說殊不公平。上述的爭議，其實普遍出現於《格林童話》中以女性為主人公的故事，例如〈灰姑娘〉和〈糖果屋〉等。

1.魔鏡和女性的嫉妒

除了以上的爭議之外，〈白雪公主〉最突出的主題是女性之間的嫉妒。《格林童話》從手稿本開始，嫉妒的主題就一直沒有改變，母女關係的惡化最初是始自魔鏡的說話。魔鏡和王后的對答，手稿本只有一次描寫，但從第一版開始，則重複了七次，第一次的對答是這樣的：

　　「小鏡子，牆上的小鏡子，

---

❸　石塚正英（1949- ）：《〈白雪姫〉とフェティシュ信仰》（《〈白雪公主〉與物種崇拜》）（東京：理想社，1995 年 8 月初版，1995 年 11 月 2刷），頁 77-87。

這個國家裏誰最美麗？」

鏡子便回答：

「王后，你是這個國家最美麗的。」❹

白雪公主七歲的時候，王后又問鏡子：

「小鏡子，牆上的小鏡子，這個國家裏誰最美麗？」

鏡子便回答：

「王后，你是這裏最美麗的。

但是白雪公主要比你美麗一千倍。」❺

後來王后吃了獵人取回來的肝和肺以後，她又再問鏡子：

「小鏡子，牆上的小鏡子，

這個國家裏誰最美麗？」

鏡子回答：

「王后，你是這裏最美麗的。

但是在山那邊和七個小矮人住在一起的白雪公主，

比你美麗一千倍。」❻

---

❹　格林兄弟，冊 2，頁 34-35。

❺　格林兄弟，冊 2，頁 36。

❻　格林兄弟，冊 2，頁 39-40。

以上的對話重複了三次，直至白雪公主吃了毒蘋果，魔鏡又再重複第一次的答話，白雪公主醒來後，它的答話又有改變：

> 「小鏡子，牆上的小鏡子，
>
> 這個國家裏誰最美麗？」
>
> 鏡子回答：
>
> 「王后，你是這裏最美麗的。
>
> 但年輕的王后比你美麗一千倍。」❼

王后和魔鏡之間的對答焦點是美麗，當王后從魔鏡口中知道自己不是最美麗的時候，嫉妒的感情就開始燃燒，瞬間變成惡母。

比〈白雪公主〉更早的同類話型，可數成書於十七世紀初《五日談》的〈年輕的僕人〉（"The Young Slave"），這個故事裏沒有魔鏡，但開宗明義就將嫉妒與疾病相提並論：

> 嫉妒是一種可怕的疾病（千真萬確），它是一種眩暈症，令人頭腦發昏；它是一種熱病，令人四肢發燙；它是一記重擊，令人渾身癱軟；它是一場瘧疾，令人元氣大傷；它是一種疑難雜症，令人夜不能寐，茶飯不思，破壞了我們的安寧，縮短了我們的壽命。它是一條咬人的毒蛇，是一隻心裏的蛀蟲，是一種苦澀的毒鴆，是一場寒心的冰雪，是一枚砸進心房的鐵釘，它離間了情深意篤的愛侶，破壞了美滿和睦的家

---

❼ 格林兄弟，冊2，頁48。

庭，它是一隻瘋狗，把愛情的喜悅撕扯得粉碎。它是維納斯
的歡樂之海中的一個永恒殺手，從來都是成事不足，敗事有
餘。❽

故事說男爵的妹妹是一個美麗動人的女子，她和女伴們打賭，跳過
樹梢時不會碰傷玫瑰，但卻事與願違，為了隱瞞，她偷偷吞了掉下
來的花瓣，因而懷孕。後來得到仙女的幫助，把女兒生下來，不過
仙女們為女兒祝福的時候，其中一個扭傷了腳，於是詛咒小孩七歲
的時候，會因為母親忘記取下幫她梳頭的梳子而死去。後來，預言
應驗了，母親為死去的孩子做了七隻水晶匣子，一隻套一隻，把孩
子藏在裏面，並且將匣子藏在最隱秘的房間之中，只有她才可以進
去。後來母親因為思念孩子，憂傷而死，臨終前把房間的鑰匙給了
男爵，要他保管並不要讓任何人走進去。男爵答應請求，但卻引起
了妻子懷疑，她偷偷打開房門，發現死去的孩子，竟以為丈夫金屋
藏嬌。她在觸碰孩子的時候，無意地把梳子碰掉，孩子復活過來，
卻被她無辜迫害。這則故事與〈白雪公主〉甚為相似，其中有很多
元素和《格林童話》是共通的，例如七的數字、梳子的詛咒和玻璃
棺材等。

　　如果參看卡爾維諾的意大利童話，會發現三個同話型的故事：
〈吉麗科科拉〉（"Giricoccola"）、〈美麗威尼斯〉（"Bella Venezia"）
和〈森林王〉（"The Wildwood King"），都和嫉妒有關。〈吉麗科科
拉〉是關於兩位姐姐如何妒忌最小的妹妹，因為月亮每天經過，都

---

❽　巴西耳，頁 171-172。

會望著窗口說：「紡金線的姑娘美麗，紡銀線的姑娘更美麗，但紡絲線的姑娘勝過她們兩個，不論美醜，姑娘們晚上好！」兩位姐姐請來一位女占星師，想用魔法除去妹妹，因此發生一連串迫害事件。❾〈美麗威尼斯〉則關於一對母女，每當旅客來訪，母親總愛問客人，有沒有見過比她美麗的女人，直到一位客人說她的女兒比她美麗，母親遂計劃殺害女兒。❿〈森林王〉是關於三姐妹的，妹妹太漂亮，所有求婚者都追求她，兩位姐姐無法出嫁，向父親誣衊妹妹將要為家族帶來不良的聲譽，妹妹無故被害。⓫不過也有故事沒有說明壞人行惡的原因，只運用後母虐待繼女的公式來交代故事，⓬但這類故事數量較少。

　　同樣的情況也出現在蘇格蘭民間故事之中，例如〈金樹銀樹〉（"Gold-Tree and Silver-Tree"），故事開始就是女王經過水井，問水井中的蛤蟆自己是不是世上最漂亮的王后，蛤蟆回答說：「不是，你的女兒金樹才是！」女王遂迫害女兒。⓭上述的故事大都環繞女性間嫉妒的主題，從中突顯重視女性外貌的男性聲音。

---

❾　卡爾維諾，冊 1，頁 241-245。

❿　卡爾維諾，冊 3，頁 64-69。

⓫　卡爾維諾，冊 3，頁 77-80。

⓬　參 "Maria, the Wicked Stepmother, and the Seven Robbers" and "The Crystal Casket", in D.L. Ashliman ed. and trans., "Snow-White and Other Tales of Aarne Thompson Type 709", *Folktexts: A Library of Folktales, Folklore, Fairy Tales, and Mythology*. 12 Sept. 2006 <http://www.pitt.edu/~dash/type0709.html>.

⓭　Joseph Jacobs, *Celtic Fairy Tales* (London: David Nutt, 1892), no.11, p. 88-92.（參 Ashliman 的網頁）

2. 美麗與男性的目光

〈白雪公主〉型故事中人物的美麗和嫉妒，都不是以自己為本位，或以自己的感覺為出發點的，許多時都是源於外來的目光，例如王后要知道自己是否世界上最美麗，要依靠魔鏡的說話。外來的目光除了魔鏡以外，還有〈吉麗科科拉〉的月亮、〈美麗威尼斯〉的旅客、〈森林王〉的求婚者，以及〈金樹銀樹〉的蛤蟆。〈年輕的僕人〉中，沒有具反照作用的實物，如鏡子作為溝通媒介，但描述了人物與假象的關係。男爵夫人的誤會是沒有事實根據的，只是一種虛構的想像，假象的特徵和鏡像的意義很相似。究竟魔鏡或者假象的聲音來自何人呢？這是女性主義者最關心的。由於女主人公的美貌最終目的是吸引王子垂青，所以認為白雪公主美麗，應該是男性，據此推論，魔鏡的聲音應該屬於男性。自己美麗不美麗，完全要靠外來的聲音來決定，意味女性失去自主性，思想無法獨立。女主人公最後死去，被放在玻璃棺材之中，變成沒有生命、任人擺弄和觀賞的物件；❶ 〈年輕的僕人〉中的女人公，曾經要求男爵買一個玩偶回來，玩偶和玻璃棺材中的死人，意義其實如出一轍——女性成為沒有思想的物件，受到男性操控。

三、另類的爭議：神話解讀

格林兄弟認為童話的本源是神話，但神話元素在童話的口傳過

---

❶　Bacchilega, p. 28-48.

程中,逐漸遺失,而正是這些遺失的部分最能代表德意志民族的精神。❺由於格林兄弟有這種想法,《格林童話》的神話色彩特別濃厚。

高橋吉文在《格林童話:到冥府的旅程》一書指出,格林兄弟改編的〈白雪公主〉,是以希臘的美杜莎(Medusa)神話為藍本的,而希臘神話和德意志民族神話有著密切連繫。❻

1. 鏡和蛇的誘惑

美杜莎據說是一個蛇髮美女,誰直接看到她就會變成石頭。珀耳修斯(Perseus)奉智慧女神雅典娜(Athena)之命把美杜莎的頭割下來,出發前他從魔法仙女那裏獲得三件寶物:一雙飛行鞋、一個神袋和一頂狗皮盔;商神赫爾默斯(Hermels)還借他一面青銅盾牌。智慧女神雅典娜教珀耳修斯把青銅盾牌當鏡子,從鏡子裏間接可以看到美杜莎,這樣方可避過石化的魔法,把她的頭砍下來。珀耳修斯依照雅典娜的方法,趁美杜莎沉睡,拿著發亮的青銅盾牌,用鋼刀把她的頭砍掉。

美杜莎神話是關於本體和鏡像的故事,而這也是〈白雪公主〉的主題,格林兄弟嘗試加強童話與神話的連繫,很多細節做了修飾。兩個故事之間的關係在於相似的象徵形式,後母是美杜莎的變形,而白雪公主是珀耳修斯的變形;美杜莎是邪惡的美女,而珀耳修斯是鏡子:她的敵人。從這個角度出發,白雪公主之所以要皮膚

---

❺　格林兄弟:《初版格林童話》,卷 1,序,頁 15。

❻　高橋吉文,頁 31-32。

「白如雪」,是用人體類比鏡子;她最後被放進玻璃棺材,就如進入鏡子之中,其實都是回應鏡子的比喻。如果王后是美杜莎,那麼她的第一個敵人就是魔鏡,是魔鏡的說話讓她走上自毀的道路。美杜莎是蛇髮美人,同樣的,王后的武器也和蛇髮有關,例如彩絲帶、梳子和蘋果。白雪公主被彩絲帶勒死,很容易令人聯想到蛇;梳子和頭髮的關係也顯而易見,蘋果是伊甸園的禁果,夏娃受到化身為蛇的魔鬼誘惑,吃了禁果而死。❶這些物件的象徵不單令人聯想到王后和美杜莎的形象,亦刻劃出她那邪惡的心。

2. 石化與白雪公主的死亡

另外,一般人看見美杜莎就會變成石頭,可以說白雪公主的最大危機也就是被石化。石化代表死亡,白雪公主逃到森林,就開始逐步走向死亡。在〈白雪公主〉故事裏,有很多石化的暗示。首先,獵人想到了不殺白雪公主的辦法以後,書中形容他的心情為「縛在心裏的大石好像一下子鬆脫了」;❸之後,白雪公主需要「越過尖利的石頭,穿過荊棘的樹叢」,都是以石為喻的例子。到了以採礦石為生的小矮人的房子,白雪公主在此被毒殺,完成了石化的過程。小矮人一直是冥界的住客,❾而走進冥界,人需要達至

---

❶　高橋吉文,頁30。

❸　高橋吉文,頁33-34。第二版後刻意加上的句子。

❾　《格林事典》中的主題事典部分對小矮人有以下的說明:「小矮人的傳說由於很古老的關係,對基督教充滿敵意,他們聽到教堂的鐘聲會哭泣或者逃遁,他們是家庭的精靈,幫助人類並教他們很多秘密的技術,不過如果他們被偷聽又者侮辱,他們就會消失無蹤甚至向人類復仇。」參高木昌史,頁

「恍惚」的境界，白雪公主穿過尖石，不難令人想起受傷的腳踝，在童話中，跛足是角色走向冥界的象徵。《格林童話》全書遍佈這種意象，根據高橋吉文的統計，幾達全書的三分之一。**⑳**

　　白雪公主走向冥界後重生，但是王后就沒有辦法回頭，她的死也是透過跛足象徵來完成的。王后走向死亡的情節出現於故事後半部，高橋氏形容為鏡子（白雪公主）對石化（後母）的反擊，其中相關的象徵回應美杜莎神話的情節。例如王后看到和王子結婚的人是白雪公主時，「**驚懼和驚嚇竟使她呆住了，站在那兒一動不動**」，「一動不動」正是人看到美杜莎後被石化的特徵。故事結局是王后穿上燒紅的鐵鞋跳舞，直到倒在地上死去，穿著燒紅的鐵鞋亦明顯是跛足意象的形象化描述。**㉑**讀者如將美杜莎神話和〈白雪公主〉並置閱讀，可瞭解兩者均通過跛足意象來推進情節，王后被石化，意味白雪公主才可以徹底解除威脅，走向豐盛的人生。

3.跛足與後母的死

　　除了石化和跛足象徵以外，頻繁出現的數字「七」，也是象徵之一。七是月亮變化的周期，循環不息，象徵著死和再生，而七是規律的盡頭，暗示著死亡。高橋吉文統計過《格林童話》中曾出現的數字「七」，發現都暗喻不祥事件，且和死亡有關。**㉒**以〈白雪公主〉為例，七的數字就常常出現，例如：白雪公主在七歲時開始

　　261-262。

⑳　　高橋吉文，頁 156-217。

㉑　　高橋吉文，頁 36-38。

㉒　　高橋吉文，頁 14-35。

被迫害、王后和魔鏡有七次問答、白雪公主遇到七個小矮人,並和小矮人有七次問答、王后要跨過七座山才來到小矮人的住處等。

　　以上的情節鋪排,是經過《格林童話》幾次改版之後逐步形成的,從初稿到第三版的四次改動之中,分別有過幾次很明顯的變化。首先,關於「七」的數字,初稿只有七個小矮人,到了初版,加入了白雪公主的歲數、魔鏡問答也由一次轉為七次、白雪公主和小矮人之間的問答則由五次轉為七次、王后到小矮人的住處也要經過七座山。另外,考查初稿和初版的改動情況,格林兄弟在跛足意象方面也有所強調:白雪公主要踏過尖石和荊棘,暗示足踝要受傷;她在森林裏原來是步行的,但初版改成奔跑;王后的舞鞋則由原來只是「燒過的」變成了「燒紅了的鐵鞋」。跛足是一種「恍惚」狀態,人在這種狀態就可以瞬間走進另一個次元的世界,所以把鞋變成鐵鞋,把原來普通的步行變成受傷的腳在跑,都是跛足象徵的轉化。到了第二版,格林兄弟最主要的改動是王后的石化意象,其中加多了以下的描寫:她不斷膨脹的嫉妒心態,獵人心上的大石放下和王后在白雪公主的婚禮中呆住了,這三項改動交代了她石化的過程。此外,第二版還在鐵鞋之上加多了一項描寫,變成「燒紅了」的鐵鞋。相關神話元素的強調,到了第二版可算大致穩定,第三版的改動很輕微,只在玻璃棺材上加了一句:「透明的」,使玻璃棺材的鏡像特徵更明顯。❷❸

---

❷❸　高橋吉文,頁38。

4.冥界行：嫉妒與反對流的思維

根據高橋吉文的分析，《格林童話》大部分結構都有冥界行的特徵。到冥界旅行其實是啟悟儀式的核心主題，人認識自己以外的異次元世界，是擁有成人智慧的開端。宗教學者中澤新一在《從熊到王》這本書裏面，利用一則遠古的印第安神話來解釋這種思維。這則神話其實是關於印第安人認為如何才能夠成為一位成功的獵人的。他們認為要做一個成功的獵人，先要披著山羊（或者熊）皮到山羊的洞穴去生活，並且和雌山羊結為夫婦，生活了一段時間以後，獵人要回到人群之中。在離別的時候，雌山羊勸告獵人，請他不要獵殺雌山羊和小山羊，因為牠們可能曾經是他的妻子和兒女，獵殺雄山羊的時候，只能取牠們的肉和皮，骨頭是靈魂所依，需要妥善處理，好讓靈魂回到山羊的族群中去。❷❹

這則神話可以窺見遠古人類的思維方法：人和動物沒有高低之別，能夠自由來往動物世界，吃食動物的肉被視為來自動物的賜與，因此人要心存敬意回饋。某些部族甚至在冬天舉行吃人的儀禮，因為他們認為人們在春天狩獵動物，冬天應該是回贈動物的季節，吃人者經常由人來扮演。❷❺

根據以上的思維方法，任何事情都有相對面，兩者是流動的。如果從這個角度去解釋〈白雪公主〉的話，這算是一個少女的成長故事。白雪公主在成長過程中，要面對和克服「非對稱」的扭曲心

---

❷❹　中澤新一：《熊から王へ》（《由熊到王》）（東京：講談社，2002 年 6 月初版，2004 年 3 月 5 刷），頁 45-54。

❷❺　中澤新一：《熊から王へ》，頁 189-202。

靈。所謂「非對稱」，就是一種絕對擁有自我，拒絕與別人交流的
心靈狀態，例如後母要吃掉白雪公主的肺和肝，為的只是令自己稱
心滿意，就是沉溺於「非對稱」的思維方式。

　　如果從心理角度切入，〈白雪公主〉展開故事的方式，亦是源
於這種非對稱思維。根據凱許登的意見，虛榮是貫串整個故事的主
線，最顯著的情節莫過於後母與魔鏡之間的對話，當後母從魔鏡得
知自己最美麗，便心滿意足，把自我封閉起來。可是白雪公主長大
後，魔鏡說後母不再是最美麗，她先是大驚，繼而妒火中燒，臉孔
變得一陣青一陣黃，從此非常厭惡白雪公主。只因後母虛榮心作
祟，無法面對現實，內心出現非對稱的心理，造成角色間的矛盾衝
突，整個故事才得以開展。❷❻

　　另一方面，白雪公主之所以讓後母有機可乘，也和虛榮有關。
第一次後母化身為商婦，叫賣當時山村年輕女子用來綁縛胸前束衣
的緞帶，第二次叫賣的是梳子，第三次是毒蘋果。前兩者都是吸引
女子的梳妝用具，令外表更加吸引，而蘋果有著漂亮的紅色外皮，
內裏卻藏著毒藥，白雪因為貪愛物件的美麗外表，結果付出性命的
代價。凱許登的結論是：不管是誰，尤其是女孩，不應輕易給別人
的外表騙倒，否則只會為禍終身。❷❼貪婪和虛榮一樣，中間沒有實
際生命的對流，也是非對稱的思維方式。

---

❷❻　凱許登以虛榮為主題，討論〈白雪公主〉以及其他童話故事，這個傳統可追
　　溯至公元二世紀的〈邱比特與賽姬〉（"Cupid and Psyche"），參凱許登，頁
　　73-76。
❷❼　凱許登，頁 83-89。

四、《格林童話》的對流世界：
異次元世界的迅速轉換

　　《格林童話》是一個經過改編並且在結構上琢磨得非常完美的童話集，保留了許多童話的特徵。〈白雪公主〉最突出的童話特徵是現實和異次元世界的迅速轉換。這種空間轉換可能違反邏輯，但在童話裏經常被視為理所當然。例如後母三次易裝，都是瞬間即就的，而白雪公主由始至終一點懷疑都沒有，三次易裝的描寫都很簡單，只是寥寥幾筆帶過：

　　　　她把自己的臉塗抹一番，裝扮成一個賣雜貨的老婦人，誰也
　　　　認不出她來。❷⑧

　　　　王后懂巫術，她用巫術做了一把有毒的梳子，又把自己裝扮
　　　　成另一個老婦人。❷⑨

　　　　……蘋果做完後，她又把臉塗了一下，扮成一個農婦的模
　　　　樣，翻過七座山，來到七個小矮人的房前。❸⓪

王后一共扮演了三個个同的身份，分別是「賣雜貨的老婦人」、

---

❷⑧　格林兄弟，冊 2，頁 40。
❷⑨　格林兄弟，冊 2，頁 42。
❸⓪　格林兄弟，冊 2，頁 44。

「另一個老婦人」和「農婦」，白雪公主完全沒有懷疑三個人是不是同一個人，是不是曾經和她一起生活過的後母。在童話中，突然轉換角色的寫作手法非常普遍，例如〈小紅帽〉故事，大野狼可以隨意扮成外婆，也絲毫不會引起懷疑。

此外，生和死在童話之中，也是可以輕易轉變的，例如白雪公主死去三次，都可以一下子就重生，原文也是很輕鬆地交代：

……她一動不動，像死了一樣。他們把她抱起來，見她被一條帶子緊緊地繫住了，便把帶子剪斷。這時，白雪公主才開始有了一絲呼吸，慢慢地又重新恢復過來。**❸❶**

……見白雪公主倒在地上像死了一樣，他們馬上就懷疑王后來過。他們在白雪公主的身上仔細尋找，發現了毒梳子，梳子一拿下來，白雪公主便甦醒過來。**❸❷**

王子吩咐他的隨從把棺材扛起來擡走。走在路上，他們被一棵樹墩絆了一下，棺材一晃動，白雪公主吃進去的那塊毒蘋果從喉嚨裏震了出來。不一會兒，她睜開雙眼，推起棺材蓋，坐了起來：她又復活了。**❸❸**

---

❸❶ 格林兄弟，冊 2，頁 41-42。
❸❷ 格林兄弟，冊 2，頁 43。
❸❸ 格林兄弟，冊 2，頁 47。

白雪公主的三次死亡和復活，都非常圖像化，可以從實物的移動意象去掌握：勒緊和放鬆絲帶、把梳子插進和拔離、吃進去和吞出來等等，這些刻劃完全沒有什麼化學原理在運作，只是簡單的圖像變化而已，科學與否並不重要。**㉞**

五、現代繪本的情況

〈白雪公主〉故事的現代版本很多，其中最普及的是迪士尼動畫版本。**㉟**〈白雪公主〉成為現今膾炙人口的童話故事，和迪士尼的改編有著密切關係。迪士尼版在《格林童話》的基礎之上做了很多改動。第一，白雪公主的父親早逝，一直被後母虐待；第二，白雪公主紅如血的特徵，在《格林童話》原是指面頰，但被改成口唇；第三，王子和公主一早認識，白雪公主在井旁邊清潔時，王子剛好路過，兩人共墮愛河；第四，王后要求獵人把白雪公主的心而不是肺和肝取回來作為證明，她也沒有煮來吃；第五，白雪公主在森林得到小動物和鳥兒的幫助，找到小矮人的屋子；第六，小矮人的房間一片凌亂；第七，王后只用了毒蘋果就讓白雪公主昏死過去；第八，王后是給小矮人和小動物趕到懸崖邊，失足掉進深谷死掉的；第九，是王子的吻讓白雪公主甦醒。

迪士尼的版本將原來七歲的白雪公主繪畫成妙齡少女，有著紅

㉞ 以上論點，參小澤俊夫：《昔話の語法》，頁 79-113。

㉟ Walt Disney, *Snow White and the Seven Dwarfs* (Loughborough: Ladybird Books, 1995).

唇和雪白的皮膚，穿著短裙，她為小矮人做家務，轉瞬即就，輕鬆平常。這形象和三十年代美國電器化家庭的出現是有關的，特別是小矮人對白雪公主說，希望每天能享用她烹調的美味菜餚，完全把她看作一個典型的家庭婦女。**㊱**此外，在迪士尼的版本裏，小矮人非常勤勞，早出晚歸，但對家事又一竅不通，所以家裏才會凌亂不堪，**㊲**齊佩士認為小矮人喜歡工作，和美國工人敬業樂業的態度貼合，由於人們經歷三十年代經濟大蕭條，迪士尼致力營造勤奮的工人形象，以迎合社會風氣。**㊳**

目前〈白雪公主〉的各種版本，大多以格林或者迪士尼為基礎，簡化或者改動某些殘酷的情節，特別是後母的下場，一般都變得溫和，其中菲安娜·弗倫奇（Fiona French）的《白雪公主在紐約》（*Snow White in New York*）是這方面的佳作**㊴**。故事的場景變得現代化，白雪公主是一個美人，後母因為從一份叫〈紐約鏡子〉的報紙，看到關於她的報導，心生妒忌，於是派人暗殺，不過凶手放過了她。白雪公主流落街頭，得到一個七人樂隊的支持，演唱為生，並為新聞記者賞識，在〈紐約鏡子〉上為她刊登頭條，卻再次惹起後母妒忌。在慶祝白雪公主成功的派對上，後母讓白雪公主喝了一杯浸著毒紅莓的雞尾酒中毒身亡。全紐約的人都為白雪公主的死亡而震驚，當放著玻璃棺材的靈車駛過人群時，白雪公主突然張開雙

㊱ 石塚正英，頁 16-18。

㊲ 格林版中小矮人的家是非常整齊的。

㊳ Jack Zipes, *Fairy Tale as Myth, Myth as Fairy Tale* (Lexington: UP of Kentucky, 1994), p. 90-91.

㊴ Fiona French, *Snow White in New York* (Oxford: Oxford UP, 1986).

眼。原來為她發頭條的新聞記者正在對她微笑，她也報以微笑，卡
在喉頭的毒紅莓就這樣消失了，新聞記者和白雪公主接著舉行盛大
的婚禮。這個繪本除了把故事置入現代的場景外，還簡化了後母迫
害白雪公主的情節，也沒有交代後母的下場，是較特別的現代改編
本。

六、研究進階入門

1. 高橋吉文：《グリム童話／冥府への旅》（《格林童話／到冥府的
   旅程》），東京：白水社，1996 年初版，1998 年 2 刷。
   本書分析了《格林童話》的整體結構和神話對稱思維之間的關
   係，其中分別以數字七、盲目、禁忌房間的 V 字型結構以及
   跛足等四個主題，討論它們和冥界之間的聯繫。

2. Sheldon Cashdan. *The Witch Must Die: How Fairy Tales Shape
   Our Lives*. New York: Basic Books, 1999.
   中譯：《巫婆一定得死：童話如何形塑我們的性格》，李淑珺
   譯，台北市：張老師文化，2001。
   本書的第三章以「虛榮」為主題，分析西方〈灰姑娘〉型故事
   的特點，並探討父母如何可以通過故事來紓解兒童對妒忌的感
   覺。

3. 小澤俊夫：《グリム童話考：「白雪姫」をめぐって》（《格
   林童話考：關於「白雪公主」》），東京：講談社，1999。
   這部書的第六、七章詳細對比《格林童話》從手稿到定版的情
   節改動，並附加簡單的解說。

4.　Bruno Bettelheim. "The Jealous Queen in "Snow White" and the Myth of Oedipus", *The Uses of Enchantment: The Meaning and Importance of Fairy Tales*. London: Penguin, 1991, pp. 194-215.

這篇文章從心理分析角度剖析〈白雪公主〉，以女性的成長過程為題旨，指出女性如何處理母女情結，是具有代表性的心理分析方法。

5.　Steven Swann Jone. "The Structure of 'Snow White'", *Fairy Tales and Society: Illusion, Allusion and Paradigm*. Ed. Ruth B. Bottigheimer. Philadelphia: U of Pennsylvania P, 1986, pp. 165-186.

這一章討論了許多〈白雪公主〉型故事的版本，並仔細分析了當中的情節結構。

第七章
〈睡美人〉與父權

一、序言

　　〈睡美人〉（"Sleeping Beauty"）是西方經典童話之一，相關的故事版本很多，內容的差異也很大。《格林童話》中的〈睡美人〉，講述一位公主出生不久就遭受詛咒，在她長大後，被紡錘所傷而陷入昏睡；百年過去，一位王子闖進皇宮，解除了公主身上的咒語，並與她成婚。格林兄弟刻意減去了故事情節中的暴力元素，讓故事更適合兒童閱讀。〈睡美人〉的民間故事類型編號為 AT410，細分為四個情節：

　　1.夢寐以求的小孩：青蛙向國王宣佈公主即將誕生；

　　2.仙子的賀禮：⒜一名仙子因不獲邀請出席洗禮儀式，憤而詛咒公主長大後會為紡錘所傷致死；⒝另一仙子把死亡的詛咒改變為昏睡百年；

　　3.魔咒下的公主：⒜預言應驗了，公主陷入昏睡，城堡內所有人和物也隨之睡去，城堡還給荊棘叢掩蓋著；

4.解咒：百年之後，一位王子闖過障礙，吻醒公主，並結下美
滿良緣。❶

上述情節是以《格林童話》第 50 則〈玫瑰公主〉（"Little Brier-
Rose"）❷的版本為骨架，格林版可以說是法國貝洛版的簡化本。貝
洛版的故事源流大抵可以溯源至《五日談》的〈太陽、月亮與塔利
婭〉（"Sun, Moon, and Talia"）及《天方夜譚》（*Arabian Nights or The Book
of the Thousand Nights and One Night*）❸的〈第九位隊長的故事〉（"The
Ninth Captain's Tale"）。現代最為人熟知的〈睡美人〉故事，是以格林
版為藍本的迪士尼版本。由於迪士尼有著動畫、彩色故事冊、音樂
書等不同傳播媒體的優勢，現代讀者往往以為迪士尼版是唯一的版
本。

二、〈睡美人〉故事的爭議：浪漫與殘暴

貝洛版和格林版是兩個完全不同的版本，特別在篇幅方面，貝
洛版遠較格林版豐富。在王子見到公主之後，格林版的故事就結束
了，但貝洛版的故事高潮還在後頭，其中包括公主為王子誕下一雙
子女，王子隱瞞母親，暗中和公主來往，直至自己登基為王，才公

---

❶　Aarne, p. 137-138.

❷　由於坊間慣稱為〈睡美人〉，例如遠流的版本就把這一則童話譯作〈睡美
　　人〉，本文亦採用〈睡美人〉為簡稱。

❸　第一個印刷版本的《一千零一夜》，並非阿拉伯原文，而是法國東方學家、
　　古物學家加朗（Antoine Galland, 1646-1751）於 1704 至 1717 年間出版的法文
　　譯本（*Mille et une nuits*）。

開妻兒的身份，其後王子的母親要宰殺他們，幸好得到廚師拯救等。相對於充滿隱瞞和嗜殺的貝洛版，簡化了的格林版充滿著美好和平的氣氛，經過迪士尼改編以後，還添加了許多浪漫的元素。

1.浪漫的諦造

對於不少讀者來說，〈睡美人〉的經典場面莫過於王子吻醒公主，並深情相望的一刻。這情節是格林兄弟的創作，自手稿至最後定稿，有好幾次改動。1810 年的手稿本第一次採用吻醒的模式，原文只有兩行：

> 王子吻了那個正在睡夢中的公主一下，瞬時間所有人都從睡夢中甦醒過來。❹

王子一吻之後，所有沉睡靜止的事物都立即轉醒，這種時間的一致性是童話結構的特徵。到了 1812 年的第一版，格林兄弟進一步將這個特徵加強，而且還增添了一些情緒性的描寫：

> 公主正躺在那裏昏睡著。王子見到公主的絕世美貌驚為天人，忍不住彎下腰親吻了公主。就在這時候，公主張開了眼睛。而國王和王妃、城中所有的家臣、馬和狗、屋頂上的鴿

---

❹ 引文由筆者自日文轉譯，日文原譯參小澤俊夫：〈「いばら姬」の分析〉（〈「睡美人」的分析〉），《グリム童話考：「白雪姬」をめぐって》（《格林童話考：關於「白雪公主」》）（東京：講談社，1999），頁 174。

子、牆上的蒼蠅，也全都醒過來了。爐灶裏的火醒來，開始熊熊燃燒烹煮食物；烤肉又開始嗞嗞作響；大廚甩了小助手一巴掌；女傭拔完了雞毛。❺

所謂「情緒描寫」，是指王子的反應：「驚為天人」、「忍不住彎下腰」等，口傳民間故事從不涉及這些個人的情緒。到了 1857 年的第七版，描寫的篇幅還不斷加強，特別是細緻的狀態描寫：

她躺在那兒，美極了！王子目不轉睛地注視著她，他俯下身吻了她一下。他的嘴剛剛接觸到她，睡美人便睜開眼睛甦醒過來，親切地望著他。他們一起走下鐘樓，國王醒了，王后也醒了，宮殿裏所有的人都醒了，他們睜大眼睛互相望著。院子裏的馬站起來，抖抖身子，獵狗跳起來，擺動著尾巴；屋頂上的鴿子從翅膀下擡起腦袋，四下張望，飛向了田野；牆上的蒼蠅開始爬動；灶裏的火苗又跳動起來，呼呼直竄著燒菜煮飯；烤肉又發出嚓嚓的響聲；廚師給了幫手一個耳光，幫手叫了起來；女僕接著拔完雞毛。❻

「他們睜大眼睛互相望著」、「抖抖身子」、「擺動著尾巴」、「從翅膀下擡起腦袋，四下張望」、「幫手叫了起來」等等，都屬於人物狀態描寫；在情緒描寫方面，除了王子之外，也加強了公主

---

❺ 《初版格林童話》，冊 2，頁 43。

❻ 格林兄弟，冊 2，頁 20。

的反應：「他的嘴剛剛接觸到她，睡美人便睜開眼睛甦醒過來，親切地望著他。」小澤俊夫批評〈睡美人〉的決定版已經近於個人創作，和初版的樸實面貌相差很遠。

格林版的〈睡美人〉單純華美，但如果翻閱其他版本的話，令人驚慄的場面不少，王子和公主的溫馨浪漫也並非必然。例如和格林版有密切關係的貝洛版，當王子遇見公主的時候，並沒有吻她，只是跪下，咒語就隨即解開，公主也甦醒過來。至於成書於 9 世紀的《天方夜譚》，〈第九位隊長的故事〉中的確有王子吻薛托汗（Sittukhân）的描寫，不過王子吻的是她的手，將置她於死地的亞麻❼碎片拿開，她因而甦醒，接著王子還跟她造愛，相處了四十天。❽這些都是格林版沒有的情節。比《天方夜譚》晚出的《五日談》版本，男主人公不是王子而是國王，故事沒有吻醒的情節，而是國王強姦了昏睡中的公主塔利婭，而救醒公主的是她在昏睡中誕下的一對龍鳳胎──太陽和月亮：由於她仍昏睡未醒，兩嬰因肚餓找不著奶頭，而吮嗍塔利婭的指頭，恰巧將插在指頭導致她中咒的麻片弄掉，她因此甦醒過來。❾到了卡爾維諾的〈那不勒斯士兵〉（"The Neapolitan Soldier"），士兵吻過了姑娘，就踮著腳離開，根本等

---

❼　亞麻，植物名，是古老的紡織纖維之一。

❽　"The Ninth Captain's Tale", *The Book of the Thousand Nights and One Night* (rendered into English from the literal and complete French translation of Dr. J.C. Mardrus by Powys Mathers, London: The Folio Press, 1980), p. 391.

❾　巴西耳：〈太陽、月亮和塔利婭〉（"Sun, Moon, and Talia"），《五日談》，頁 429。

不及姑娘醒來。❿

2.是幸福婚姻還是爭寵悲劇？

　　從《格林童話》衍生而來的迪士尼式〈睡美人〉，在開首的地方加插了一段婚約的描寫：史提芬國王和王后誕下女兒奧羅拉，意即「曙光女神」，國王邀來鄰國國王及菲臘王子慶祝，兩位國王還給王子和公主訂下婚約。這個改動和〈第九位隊長的故事〉有點相似，但〈第九位隊長的故事〉說的只是一見鍾情，沒有婚約，由於〈睡美人〉故事有許多婚姻的糾葛，迪士尼版加插一段婚約在故事之前，就減少了公主和王子無媒苟合的嫌疑。

　　早在迪士尼以前，貝洛在撰寫〈森林中的睡美人〉（"Sleeping Beauty in the Wood"）的時候，已經很敏銳地察覺到，故事隱藏著可以標榜的婚姻道德觀念，他還在故事的結尾明確寫下了教訓：

> 為了獲得有錢、英俊、溫柔、體貼的丈夫
> 而耐心等候，
> 並沒有什麼稀罕。
> 可是整整睡上一百年，
> 一直靜靜的等著，
> 像這樣的姑娘，現在再也找不到了。⓫

---

❿　　卡爾維諾，冊 3，頁 19。
⓫　　貝洛：《貝洛民間故事集》，頁 47。

在〈睡美人〉的故事中，女性的地位低於男性，女主人公受到咒語控制，身不由己，昏睡百年，等待王子前來救贖，才能甦醒。公主中咒昏睡後，整個王國的時間都停止了，四周還長出覆蓋整座城堡的植物，讓旁人無法接近。百年之後，當王子走近城堡，所有植物竟讓出通道，好使王子找到公主。可見植物覆蓋城堡，為的是等待真命天子到來。如果從男權角度來看，公主所代表的女性空間，無論是流動或是終止，均是為了服務男性，而女性空間則需要男性介入方能產生流動。女性處於昏睡的被動狀態，和男性的行動力量和積極態度形成對比。以上的情節，自貝洛版以來，格林版和迪士尼版都曾沿用，但格林和迪士尼版的結局就只停在結婚的一刻，故事再沒有發展，而貝洛以及其他版本，故事的高潮還在後頭。

正如前述，格林以外的版本，篇幅都更多，故事的後半部又出現另一位女性。貝洛版中的第二女角是王子的母親，由於她擁有食人妖的血緣，王子不敢向她交代暗自締結的婚姻，怕她危害妻子性命。直到國王逝世，王子正式登基，才把公主和一雙子女帶回皇宮。王太后因為妒忌，乘機宰吃媳婦和孫兒，兩人幸得廚師相救。

和貝洛版不同的是，〈太陽、月亮和塔利婭〉的男主人公，並不是未婚的王子，而是已婚的國王，另一女性角色則是王后。國王與塔利婭並不是兩情相悅的愛情關係，而是一椿強姦案子，塔利婭更是在昏睡期間和國王發生關係的，被迫誕下龍鳳胎。國王得悉塔利婭醒來之後，依戀不捨，結果給王后識破。出於嫉妒，皇后遷怒於兩名孩子和塔利婭，要宰殺他們，並設計瞞騙國王吃下親生骨肉。王后的嫉妒源於國王的惡行，結果慘死；塔利婭無辜受害，但最後成為王后，可算得到回報。而國王從未受苦，也未受罰，男性

的優越地位不言而喻。

三、宗教和命運的主題

〈睡美人〉的某些情節,可以溯源至北歐神話裏的布琳希德（Brunhilde）故事。傳說有一隻居住在地下的巨龍,保護著光的財寶,被武士錫格爾德（Siegfried）所殺。他得到受詛咒的財寶後,將眾神之神奧丁（Oden）的十二侍女之一布琳希德救醒,她因為冒犯了奧丁而被施魔法,睡在一座被火牆包圍的山上。布琳希德醒來之後,就愛上了錫格爾德,二人訂下婚約,錫格爾德還送贈指環作為信物,但兩人不知道指環已被詛咒。錫格爾德後來又娶了一位公主,布琳希德因妒忌殺死她後再自殺。華格納（Richard Wagner, 1813-1883）的歌劇《尼貝龍根的指環》（*Ring of the Nibelungen*）,就是以這個神話故事為藍本的。

1. 〈睡美人〉與女性成長

布琳希德故事中關於沉睡和不忠的主題,在〈睡美人〉裏的確有回響,不過神話的結局是悲劇,男女主人公都在烈火中死去,而童話則是圓滿結局,有情人終成眷屬。這個以神話為原始素材的童話,究竟反映了怎樣的文化心理,一直都有不同的看法,其中討論得最多的是沉睡的主題。女性為什麼會墮入百年的沉睡之中,非得勇敢的男性到來,不能甦醒?心理學者認為這是關於女性成長的問題。女性在成長過程中最需要面對的是戀母情結,重要的是,如何才能脫離母親而又能獨立成長?母女之間的心理抗衡,經常會出現

兩個危險的面向：一是女兒很早就選擇離開母親，依靠男性；一是害怕成為和母親一樣的女性，而選擇逃避成長。後者的情況如同睡美人沉睡不醒，是一種等同死亡的停頓狀態。如果從這個角度理解，睡美人陷入沉睡時正值十五歲，是女性發育成熟的年齡，月事初潮和女性身體特徵開始出現，亦即女性成長的轉捩點。沉睡代表睡美人拒絕成長，直到王子到來，喚醒公主的自我。換言之，男性出現後激起女性的身份自覺，如果女性願意接受考驗的話，就可以醒過來，重回成長的道路。當然，什麼是女性的身份自覺，備受爭議，特別是兩性身份的定義，基於社會結構轉變，不斷變更，公主與王子結婚並不一定就是最美滿的結局。⓬根據榮格心理學的說法，童話裏的婚姻其實是指每個人個性中的男性性（masculinity）和女性性（femininity）的融合，⓭但男性代表勇敢，女性代表忍耐這種簡陋的二分思維，及對兩性的刻板印象，仍然引起很多女性主義者不滿。

2.被遺忘的母性

〈睡美人〉另一個有趣的解讀，是關於基督教父性過強的問題。故事的其中一個主要情節，是一位不獲邀請的仙女為了報復，詛咒新生的女嬰。仙女不被邀請的原因，有幾個不同的說法，貝洛是這樣描述的：

⓬　河合隼雄：《昔話の深層：ユング心理学とグリム童話》，頁 161-163。

⓭　Marie-Louise von Franz, "Shadow, Anima, and Animus in Fairy Tales", *The Interpretation of Fairy Tales* (Rev. ed., Boston, Massachusetts: Shambhala, 1996), p. 114-198.

但是當大家都在餐桌前坐下來時，一個上了年紀的老仙女走進來了。這個仙女並沒有受到邀請，因為從五十年前起，她就把自己關在塔裏，足不出戶，世人都以為她已經死了，或是被施了魔法後消失了。

國王立刻也為這個仙女安排了盛餐，可是裝在很大的黃金盒裏的餐具，只為七個仙女打造了七盒，已經沒有多餘的了，無法也為老仙女準備一份。❶

其他的歐洲版本，大致與貝洛版相似，且總是和「七」或者「十二」等數字有關。例如格林版，相關的數字並不是「七」，而是「十二」：

……在這個王國裏，有十三個會算命的女人，但國王只有十二個金盤子給她們作餐具，所以，她們中的一個只得留在家裏。❶

有些版本的數字並不出現於仙女的數目，而是守衛城堡的怪獸，例如一則也名為〈睡美人〉的法國民間故事，王子必須要迅速砍掉七頭怪物全部的頭顱，才能殺死牠，否則就算只剩下一個頭顱，斷肢就會立即重新生長。結果王子得到了仙女女皇的寶劍，一下子就殺

---

❶　貝洛：《貝洛民間故事集》，頁21。
❶　格林兄弟，冊2，頁15。

掉怪物，完成任務。❻

　　「七」和「十二」是一個完滿的數字。占星術中的天道十二宮，代表宇宙星宿運行的數目，而七是月亮運行的規律，每七天為一個變化周期，周而復始。「十二」和「七」代表整全的宇宙規律，要是多出一個，就成為惡的根源，產生混亂。這多出來的「一個」，經常被遺忘，就像〈睡公主〉中施咒的仙女，貝洛的版本就說這個被遺忘的老仙女，五十年前把自己關在塔裏，大家都以為她死了。格林版的仙女雖然沒有被遺忘，但因國王就只有十二個金盤子，沒有辦法接待她。睡美人長大以後，雖然國王頒佈了禁令，但是仍然有人用紡錘織布，織布的人是一個鐘樓裏的老嫗，甚有貝洛版中仙女的影子。

　　由於造成混亂的不是被遺忘的仙女就是老嫗，而且日常世界的規律又明顯充滿法則，所以榮格心理學者法拉茲（Marie-Louise von Franz, 1915-1998）認為歐洲的〈睡美人〉版本，其實表現了基督教對於先民母神信仰的壓抑。基督教教義服膺的是父性原理，屬於一神教，而多神信仰則偏向母性原理，是一個充滿精靈的世界。父性原理的象徵是「天」和「精神」，強調理智；母性原理的象徵是「地」和「肉體」，側重感情。基督教的神強調三位一體，「聖父、聖子、聖靈」之中排除了母性的成份。問題在於長期壓抑母性會導致理性過強，感性个足，母性既為人性中的重要元素，完全剔除這個元素，對於個人成長來說是不健康的。童話中，母神的詛咒

---

❻　Geneviève Massignon ed., "The Sleeping Beauty", *Folktales of France*, trans. Jacqueline Hyland (Chicago: U of Chicago P, 1968), p. 133-135.

經常為秩序井然的理智世界帶來混亂。⑰據此，童話情節以具象描繪出人們被壓抑的心靈和思想，呈現人性的原始面貌。

　　相對於歐洲版本，中、近東的〈第九位隊長的故事〉和〈太陽、月亮和塔利婭〉等故事，都沒有以上的情節，取而代之的是母親一時失言，又或者來自高明的智者或者占星術士的預言。例如《天方夜譚》的〈第九位隊長的故事〉，女孩誕生前並沒有出現青蛙的預言，也沒有仙女的詛咒，而是母親一時失言：

> 從前有一位婦人，無論怎樣都沒法懷孕，有一天她向亞拉禱
> 告說：「賜我一個女兒，即使她無法抵禦亞麻的氣味。」
> 關於亞麻的氣味，她的意思是說她的女兒要細緻敏銳得連亞
> 麻的氣味，都會讓她窒息而死。⑱

《五日談》的〈太陽、月亮和塔利婭〉故事，預言者不是因為被遺忘，也不是女性，原文是這樣描述的：

> 從前，有一位高貴的爵爺，上帝賜給他一個女兒，名字叫做
> 塔利婭。在塔利婭小的時候，爵爺請來了當地許多高明的智
> 者和星占術士，向他們請教女兒將來的命運。他們湊在一起
> 議論紛紛，把算命用的天宮圖看了又看，最後得出了這樣的

---

⑰　Marie-Louise von Franz, *The Feminine in Fairy Tales* (Rev. ed., Boston, Massachusetts: Shambhala, 1993), p. 42-44.

⑱　*The Book of the Thousand Nights and One Night,* p. 390.（引文為筆者所譯）

結論：她將遭遇來自一束亞麻的巨大危險。**⑲**

意大利的民間故事也大致如此，例如〈睡美人和他的孩子們〉
（"Sleeping Beauty and Her Children"），母親在祈求孩子時這樣說：

> 最後有一天，她這樣禱告道：「聖母瑪利亞，讓我生個女兒
> 吧，哪怕她在十五歲時會被梭子扎死。」**⑳**

不過也有意大利的民間故事，根本沒有交代睡美人為什麼會陷於沉
睡，只是簡單地說是因為魔咒影響，例如〈那不勒斯士兵〉的故
事。**㉑**

3. 孩子的命運：父性的抗爭與西方文化

如果命運的預告是非理性的，也就是違反父性的話，那麼〈睡
美人〉故事可說展現了父親強烈抵抗命運的精神。例如貝洛版的國
王知道仙女的詛咒以後，就立即下達紡錘的禁令：

> 國王為了避免老仙女所預言的不幸發生，立刻發出公告，無
> 論是誰，都不許用紡錘紡線，也不能在家裏放置紡錘，違反

---

⑲　巴西耳，頁 428。
⑳　卡爾維諾，冊 3，頁 205。
㉑　卡爾維諾，冊 3，頁 17。

的人馬上處以死刑。㉒

和貝洛版一樣，格林版也有類似的禁令：

> 國王為了保護可愛的小公主免遭不幸，下令把全國的紡錘統
> 統燒掉。㉓

意大利民間故事〈睡美人和她的孩子們〉，國王的禁令更加嚴厲：

> 國王立刻下了一道命令，銷毀王國內所有的梭子，誰敢在家
> 裏保留一個，就會被殺頭，那些靠用梭子勞動生活的人，可
> 以去找國王，他會給他們錢維持生活。下了這命令還不夠，
> 為了確保萬無一失，國王把公主關在她的房間裏，不讓她見
> 任何人。㉔

　　河合隼雄在《民間故事的深層》一書中，認為這種抗拒命運的
精神，是西方文化的特徵之一。著名的俄浦狄斯（Oedipus）神話就
是代表，俄浦狄斯是希臘神話的悲劇英雄，在弒父的命運面前，仍
然努力反抗，直至最後刺盲雙目並自我流放。反觀日本的民間故
事，父母面對預言的時候，大都採取順應的態度，但結果主人公卻

㉒　貝洛：《貝洛民間故事集》，頁22。
㉓　格林兄弟，冊2，頁16。
㉔　卡爾維諾，冊3，頁205。

在順應命運的過程中，得到意外的收穫，河合舉了日本兵庫縣的
〈孩子的運氣〉為例。㉕

　　〈孩子的運氣〉講述一個男子因為妻子快要分娩，到子安地藏
菩薩那裏祈福，偷聽到菩薩們預言自己的兒子，十八歲那年要給河
神抓去，心裏非常不安，但沒有把事實告訴妻子。兒子到了十八
歲，堅持替父親去河邊幹活，父親不准，但兒子沒聽話，偷偷前
去。父親知道兒子命不久矣，遂命妻子準備喪禮。兒子經過年糕舖
見到一位眉清目秀的姑娘，要求他請吃年糕，兒子雖然答應，卻沒
想到姑娘一口氣吃掉百貫錢的年糕，實在無法付賬，只好暫時用草
帽做抵押，然後出發到河邊。姑娘跟隨著他，並表明自己是河神，
因為今天已吃飽，而且發現他的父親早知兒子死亡的秘密，決定延
長他的壽命至六十一歲。兒子回程時經過年糕舖，告訴人家剛發生
的事情，並且說：「哎呀呀，好險哪！我差一點送了命。由於我孝
敬父母，桂河神才把我的壽命延長到六十一歲。」年糕舖的人很替
他高興，就放棄追收欠款，用草帽抵償就算了，兒子高興得很，回
到家告訴正在辦喪事的父母，大家手舞足蹈，嘴裏還唸佛不住。㉖

　　河合隼雄認為以上的故事，充分表現了東方人對待命運的態
度，和西方人很不一樣。父親雖然下了禁止到河邊的命令，但兒子
出去以後，他也只好接受天意安排，立即準備喪事，完全沒有想到
去阻止悲劇發生；而兒子在年糕舖遇到姑娘，居然讓她一口氣吃掉
百貫錢的年糕也不過問，又承擔一切責任。這些都是順從自然安排

㉕　河合隼雄：《昔話の深層：ユング心理学とグリム童話》，頁 156-157。
㉖　關敬吾著、耿金聲譯：〈孩子的運氣〉，《日本民間故事選》，頁 357-359。

的想法,而結果卻讓主人公改變了命運。

四、《格林童話》的風格:濃縮的宇宙

〈睡美人〉故事蘊含了死亡和再生的存在問題,並探討人和宇宙的關係。呂蒂認為宇宙性是童話的特徵,童話的主人公經常活躍於無垠的宇宙之中,因此往往是被孤立的。孤立的個人才可以襯托出宇宙之大,突顯人和宇宙相對的位置,所以「宇宙性」和「孤立性」是一物的兩面。**㉗**

童話人物的孤立性很容易理解,例如〈小紅帽〉、〈糖果屋〉以至〈白雪公主〉的主人公都要孤單地在森林歷險,又或者〈睡美人〉故事,主人公要沉睡百年,與外界隔絕。**㉘**由於童話篇幅簡短,要展現宏闊的宇宙,就要用非常濃縮的文字和抽象的描寫技巧,關於這方面,呂蒂以〈睡美人〉為例,做了很好的分析。

〈睡美人〉的世界包含動物和植物,人和人所造之物,以及彼岸世界。生物有青蛙;植物有荊棘和玫瑰;人造之物有十二個金盤子;彼岸世界有仙女。故事一開頭就有皇后（人）、青蛙（動物）、十二個金盤子（人造之物）和仙女（彼岸世界）,唯一欠缺的是植物,所以公主沉睡以後,皇宮附近出現荊棘和玫瑰將睡美人重重包圍。

㉗ Max Lüthi, "Isolation and Universal Interconnection", *The European Folktale: Form and Nature*, p. 37-65.

㉘ 伯丁漢默認為格林童話的角色被孤立的情況男女有別,男的一般只被幽閉很短的時期,而女的經常要沉默地熬過很漫長的歲月,睡美人是箇中代表。參 Bottigheimer, p. 101-111。

另外，構成宇宙的「地水火風」元素也無一不全，在故事開始的時候，就出現了「水」和「大地」的元素：

> ……有一次王后坐在浴池裏，一隻青蛙從水裏爬出來，對她說：
>
> 「你的願望會實現的，一年之內，你將生下一個女兒。」❷⁹

「從水裏爬出來」，就是「水」和「大地」。「火」出現在國王的禁令之後：

> 國王為了保護可愛的小公主免遭不幸，下令把全國的紡錘統統燒掉。❸⁰

「燒掉」是「火」元素。最後「風」元素在萬物沉睡的時候出現：

> 風靜止下來，王宮前樹上的葉子一絲不動。❸¹

除此以外，人的世界也豐富多樣，其中有不同的人：男、女、小孩；有工作和慶典的時間：紡錘和金盤子；有崇高的氣氛：貴重金屬、國王和王后的身影、華麗的宴會；有人類的各種情感：不足、

---

❷⁹　格林兄弟，冊 2，頁 15。
❸⁰　格林兄弟，冊 2，頁 16。
❸¹　格林兄弟，冊 2，頁 18。

期待、痛苦、歡喜、驚愕、希望、辛酸、不耐煩、復仇、同情。而
與這個充滿萬物的人間世界一起存在的，還有彼岸世界的事情：青
蛙的預言、仙女的祝福和詛咒等等。

五、現代繪本的情況

　　目前坊間的改編本大部分都按格林或者迪士尼版的做法，刪掉
故事後半部殘酷的情節，各改編本的差異都在於前半部分個別情節
的增減。

　　在〈睡美人〉的基礎之上進行再創作的中文繪本，可推郝廣才
的《夢幻城堡》，❷這部書以〈睡美人〉作為藍本，加添了許多新
的內容。故事的主人公是一位騎著馬的王子，在路途中遇到一個樵
夫，聽著他的歌聲，不久就在大樹下睡著了。王子在夢中遇到兩位
仙女，把他帶到一個沉睡的城堡。王子在那裏遇到睡公主，吻醒了
她和整個王國，並向公主求婚。公主告訴王子，這一切都活在他的
夢中，如果他甦醒過來，大家都會重新沉睡，唯有待他睡醒後，沿
著南方走，掘出寶劍和盾牌，砍破荊棘，才可以再次進入城堡，喚
醒所有人。不過明天就是百年之期，如果他做不到，一切將要永遠
消失。王子在大樹下醒過來，以為一切都是夢，不能當真，並把這
個夢告訴了樵夫，之後就回到自己的王國。樵夫相信王子的夢，並
按指示掘出寶劍和盾牌，救醒睡公主和她的王國，兩人從此快快樂

---

❷　郝廣才：《夢幻城堡》（白蒂莉亞[Maria Battaglia, 1963-]圖，台北：東方出
　　版社，1993）。

樂地生活在一起。

　　《夢幻城堡》的故事精神沒有遠離〈睡美人〉，都是說公主等待王子到來，唯一不同的是加添了許多有趣的情節，例如喚醒公主的是一個認真對待夢想的樵夫，這個角色的轉換顛覆了大眾對白馬王子的想像。

六、研究進階入門

1. 小澤俊夫：《グリム童話考：「白雪姫」をめぐって》（《格林童話考：關於「白雪公主」》），東京：講談社，1999。

   這部書的第五章詳細比對了〈睡美人〉從手稿到定版的每次改動，並做了簡單的解說。

2. Max Lüthi. "Sleeping Beauty: The Meaning and Form of Fairy Tales", *Once Upon a Time: On the Nature of Fairy Tales*. Trans. Lee Chadeayne & Paul Gottwald. Bloomington & Indianapolis: Indiana UP, 1976, pp. 21-34.

   本書的第一章從民間故事的表現特徵詳細分析了〈睡美人〉，並且能夠旁及《五日談》和貝洛版本的風格。

3. 河合隼雄：〈思春期に何が起きるか：いばら姫〉（〈青春期發生了什麼事情：睡美人的故事〉），《昔話の深層：ユング心理學とグリム童話》（《民間故事的深層：榮格心理學與格林童話》），東京：講談社，1994 年 2 月初版，1997 年 12 月 13 刷，頁 143-167。

   這一章詳細分析了睡美人的深層心理，河合還參考了不同研究

者的說法，並旁及不同話型的故事內容，不獨視野廣闊，在分
析西方作品時，又能對自身文化顯示出關心。

4. Marie-Louise von Franz. *The Feminine in Fairy Tales.* Rev. ed.
   Boston & London: Shambhala Pub., 1993, pp. 1-69.
   這本書的第一至四章，討論了西方的宗教歷史，如何壓抑母
   性，並帶來了什麼問題，以及這些問題如何在童話中見到，其
   中特別談到咒語、沉睡和紡錘的象徵，涉及的範圍很廣，很有
   啟發性。

5. Ruth B. Bottigheimer. "Towers, Forests, and Trees", *Grimms' Bad
   Girls & Bold Boys: The Moral & Social Vision of the Tales.* New
   Haven & London: Yale UP, 1987, pp. 101-111.
   這一章討論了《格林童話》中主人公被幽閉的主題，作者認為
   女主人公總是比男主人公的幽閉時間長得多，而且幽閉的地
   點、人物的身份等等，男和女有很大的分別。

第八章
〈漁夫和他的妻子〉：
洪水神話與中國的龍女故事

一、序言

〈漁夫和他的妻子〉（"The Fisherman and His Wife"）是《格林童話》的第 19 則故事，1810 年的手稿本，這則故事列為第 24 則，但稿本散失了；自 1812 年的初版本開始，一直被列為第 19 則；1825 年出版選編本的時候，全書共 50 則故事，這個故事排第十三。阿爾尼和湯普遜將這個故事定型為 AT555，在情節二的主題項下，有以下的分項：1.禁忌：提出不合理的要求，獲得滿足任何願望的權力，人失去了節制而得到懲罰；2.人不應該太貪婪；3.由於不適當的請求而得到懲罰；4.過強的野心遭到懲罰。本故事細分為兩個情節：

1.各種願望的滿足。(a)一個貧窮的漁夫捉到一條著了魔法的魚，他把魚放回水中；為了報恩，魚實現了漁夫妻子的所有

願望；──或者(b)一個貧窮的男人為了滿足妻子的願望，沿著豆蔓爬到天堂祈求，然後安全返回。

2.各種願望。妻子的願望變得越來越過份（從公爵、國王、教皇到上帝），直到最後失去一切。 ❶

從以上的情節以及其主題內容可以知道，這則故事的教訓意味很強，阿希利門在收集這個話型故事的時候，還特別標明了是「不滿足和貪婪的故事」（Tales of dissatisfaction and greed）。❷《格林童話》又名《兒童與家庭童話集》，以兒童作為讀者對象，這個故事被選在前頭，大概是順理成章的。

二、〈漁夫和他的妻子〉的爭議：
女性的野心與不祥

《格林童話》在這則故事之後，有一個小註腳：貪婪的妻子煽動丈夫的故事，自古有之，其中舊約《聖經》的夏娃（Eve）和莎士比亞（William Shakespeare, 1564-1616）的著名悲劇麥克白（Macbeth）中的麥克白夫人就是著名的例子。❸夏娃聽了蛇的誘惑，忘記上帝的說話，還勸亞當（Adam）也一起吃禁果，最後二人被逐出伊甸園；麥克白夫人為丈夫策劃奪位的陰謀，之後夫婦終日活在自己血腥的夢

---

❶　Aarne, p. 200-201.

❷　參 Ashliman trans. and ed., "The Fisherman and His Wife and Other Folktales about Dissatisfaction and Greed", Online. 31st Oct, 2006 <http://www.pitt.edu/~dash/folktexts.html#f>.

❸　高木昌史，頁 53。

歷之中，麥克白夫人最後還陷進了瘋狂。

1.男性話語之下傲慢貪婪的女人

諾貝爾文學獎得主君特‧格拉斯（Günter Grass, 1927- ）的小說
《比目魚》（*Der Butt*），以〈漁夫和他的妻子〉為藍本，重新以女
性的敘述角度來關照她們在歷史過程中的苦難，馮亞琳在〈用童話
構建歷史真實：君特‧格拉斯的《比目魚》與德國浪漫童話傳統〉
一文，對兩篇作品之間的關係，有很好的說明：

> 小說在第六章（第六個月）中就描寫了這樣一個虛構的、發生
> 在「1807 年秋天」的浪漫詩人林中大聚會。畫家菲利普‧
> 奧托‧容格在聚會上講述了他從一位老婦那裏聽來的兩個不
> 同版本的〈漁夫和他的妻子〉。其中一個說的不是漁夫的妻
> 子伊瑟貝爾貪得無厭，而是漁夫本人，是他企圖控制世界、
> 征服大自然，正如另一個版本中的伊瑟貝爾因為貪婪而最後
> 不得不回到自己破舊的茅草房裏一樣，漁夫無止境的權力欲
> 望導致了他最終失去了一切。這一版本因被認為敵視男性而
> 遭到了格林兄弟等人的拒絕，最後被容格親手燒掉。《比目
> 魚》的敘述者稱，正是為了回憶和複製這一遺失了童話故
> 事，他「現在不得不寫啊寫，一直寫下去」。❹

---

❹ 馮亞琳：〈用童話構建歷史真實：君特‧格拉斯的《比目魚》與德國浪漫童
話傳統〉，《當代外國文學》2004 年 3 期，頁 130。《比目魚》的中譯本可

《比目魚》寫了一代又一代廚娘口頭流傳下來的歷史，有別於男性創造和書寫的僵化模式，故事的結局還提出，婦女解放絕對不能通過與男性交換角色來達成，人類的出路在於「第三種可能」。

格林兄弟在〈漁夫和他的妻子〉的注釋中，提到妻子無法滿足的欲望，並以夏娃和麥克白夫人為例，從此可以知道，他們所說的「欲望」，不是單純指對財富的貪婪：夏娃偷吃禁果的目的是「能和神一樣知道善惡」❺、麥克白夫人所要的是「掌握君臨萬民的無上權威」❻；可見妻子的欲望是對權力的野心。夏娃和麥克白夫人的野心為丈夫帶來了不幸，在格林兄弟的筆下，漁夫的妻子也一樣想成為上帝，由祈求小屋到大宮殿、到成為國王、皇帝、教皇，甚至上帝。相對於妻子，漁夫善良而懦弱，無法拒絕妻子，雖然一次又一次向比目魚提出過份的請求，但每次都滿腔不願意。連續五次的請求，漁夫一次比一次為難，原文如下：

（第一次）男人仍然不願意去，但又怕惹惱了妻子，只得無可奈何地回到海邊。❼

參君特·格拉斯：《比目魚》（馮亞琳、豐衛平譯，桂林：漓江出版社，2003）。

❺　〈創世紀〉，第 3 章，《新舊約全書》（香港：香港聖經公會，1986），頁 3。

❻　莎士比亞：《馬克白》（朱生豪[1912-1944]譯，台北：世界，1996 年 5 月初版，2000 年 11 月 2 日 7 刷），第一幕，頁 6-41。

❼　格林兄弟，冊 1，頁 143。

（第二次）男人心情沉重，他不想去。他對自己說：「這樣不行呀！」但最後還是去了。❽

（第三次）男人只好去了，心中很不愉快，因為他妻子要做國王。「這不行，這不行。」男人心裏想著。他雖不願意去，但他還是出門了。❾

（第四次）他只得去了，但他很心虛。他邊走邊想：這樣下去沒完沒了；她還要做皇帝，真不知羞恥，比目魚遲早會生氣的。❿

（第五次）男人很害怕，便去了，但他神情恍惚，跌跌撞撞，膝蓋和小腿抖個不停。⓫

（第六次）他提上褲子，像個瘋子一樣被迫出門了。⓬

漁夫原來什麼都不想要，願意把比目魚放回大海，但妻子知道之後很生氣，認為丈夫浪費了大好機會，一次又一次迫丈夫去提出請求。漁夫每一次到海邊向比目魚提請求的時候，天氣和海浪都有不

---

❽　格林兄弟，冊1，頁145。
❾　格林兄弟，冊1，頁147。
❿　格林兄弟，冊1，頁149。
⓫　格林兄弟，冊1，頁151。
⓬　格林兄弟，冊1，頁154。

同的變化,妻子的地位越高,就越是風雨欲來,直到最後,彷彿到了爆發點。原文如下:

> 外面狂風暴雨刮得他站立不穩;房屋和樹木劇烈地搖擺,山
> 在顫抖,岩石滾入大海。天空像墨一般烏黑,電閃雷鳴,巨
> 浪滔天,浪尖上翻起白光閃閃的浪花。他拼命地嘶喊著,卻
> 聽不見自己的聲音。⑬

2.男性話語之下不能保守秘密的女人

　　《格林童話》還有另一則同類型的故事,叫〈金孩子們〉("The Gold-Children",85 則),這是一則綜合話型故事,前半部分和「漁夫和妻子」型故事很相似。〈金孩子們〉故事裏的漁夫網到了一條金光閃閃的魚,魚主動提出要用一座豪華的宮殿來換取自由,但條件是漁夫絕對不能洩露秘密,否則將失去一切。漁夫欣然同意,並把金魚放走,但是漁夫的妻子無論如何要知道秘密,最後兩夫婦一次又一次的失去財寶。漁夫的妻子沒有當上帝的野心,但她想觸犯禁忌,寧可冒著失去一切的危險,這種行為令人想起夏娃,她想要和上帝一樣知道善惡。漁夫一次又一次捕到金魚,交上好運,但一次又一次讓妻子煽動,違背和金魚之間的秘約。原文是這樣描述漁夫的不得已的:

---

⑬　格林兄弟,冊 1,頁 154。

（第一次）不過，她只是這麼說說而已，眼前的這椿奇事攪得她日夜不得安寧。於是，她不斷地糾纏、折磨她的丈夫。最後，他終於不耐煩地說，這一切是一條奇妙的金魚送的，他捕著了牠，然後又把牠放回水中。❹

（第二次）但好奇心攪得她不得安寧，以至於幾天後她又開始打聽，事情是怎樣發生的，他怎麼把魚捕到的。漁夫好長時間不理睬她，最後，他實在被問煩了，使他脫口說出了秘密。❺

　　最後，漁夫第三次捉到金魚，金魚囑咐他把牠切成六塊，兩塊給妻子吃，兩塊給馬吃，另外兩塊埋進土裏。妻子吃了金魚的肉，生了兩個金色的男孩，故事遂沿著另一個話型的情節繼續發展。

3. 小結：《格林童話》對女性的偏見

　　伯丁漢默認為《格林童話》對女性有偏見：女性不能掌管財產，必須要讓王子來處理，例如〈真正的新娘〉（“The True Bride”，187 則）、〈放鵝女〉（“The Goose-Girl”，89 則）；女性經常有太大的野心，最後令丈夫錯過了好運氣，喪失所有，如〈漁夫和他的妻子〉；如果男性迷戀女性，會墮進險境，除了〈金孩子們〉的故事以外，〈死神教父〉（“Godfather Death”，44 則）裏的主人公因為愛上

---

❹　格林兄弟，冊 2，頁 277。
❺　格林兄弟，冊 2，頁 278。

了垂死的公主而違反與死神的約定,最後丟了性命。❻

　　不過,以上的情況大概是《格林童話》的特殊情況,如果閱讀一下同話型的西方故事,的確有如格拉斯所說的,還有許多別的版本,其中不乏貪婪的男性,他們沒有妻子從旁唆擺。例如葡萄牙的民間故事〈麵包師傅的懶惰孩子〉("The Baker's Idle Son"),網到魚的人是一個懶惰的男孩,他利用魚的法力成了富人,並且讓魚解除魔咒,變回王子,與公主成婚。❼又例如俄國的民間故事〈檸檬樹〉(The Lime-Tree),主人公是一個農民,他發現了一棵著了魔法的檸檬樹,為了答謝農民不砍伐它,檸檬樹不斷滿足農民的願望,包括房子,妻子,以至成為地主,官員,貴族,到最後他要成為皇帝,魔法樹無法滿足,最後他和妻子喪失一切,並變成夫婦熊。❽這個故事,妻子是農民的欲望之一,沒有發言權,貪婪來自農民自己。

---

❻　Bottigheimer, p. 129-130.

❼　Consiglieri Pedroso, *Portuguese Folk-Tales,* Folk Lore Society Pub., Vol. 9, trans. Henrietta Monteiro (New York: Folklore Society, 1882, reprinted, New York: Benjamin Blom, 1969). 轉引自 Heidi Anne Heiner, "Tales Similar to Fisherman and His Wife", *SurLaLune Fairy Tale Pages.* 31st Oct, 2006. <http://www.surlalunefairytales.com/fishermanwife/stories/bakersidleson.html>.

❽　A.H. Wratislaw, *Sixty Folktales From Exclusively Slavonic Sources* (Boston: Houghton, Mifflin & Co., 1890). 轉引自 <http://www.surlalunefairytales.com/fishermanwife/stories/limetree.html>.

三、中國的龍女：由畜類到人的本土化過程

丁乃通在 AT555 型的主題情節之前，加了一句：「有時是漁夫自己貪得無厭。」這是因應中國民間故事的情況而言的，不過湯普森在《世界民間故事分類學》一書中，談到這個話型的時候，也提到貪婪的人有時是男性。[19]「漁夫和妻子」型故事，在中國大部分並不以 AT555 的姿態出現，而是以 AT555 的亞型出現，即如 AT555A 的〈太陽國〉故事、AT555B 的〈含金石像〉故事、AT555C 的〈聚寶盆和源源不絕的父親〉故事、AT555*的〈感恩的龍公子（公主）〉。符號*代表中國特有的類型。其實 555A、555B、555C 也是西方沒有的型號，但東亞國家可能有，而 555*則代表只有中國特有，這一類型故事普遍稱為〈龍女〉型故事。[20]〈龍女〉型故事的主要情節如下：

1. 賜恩魚類。主人公救了(a)一條大鯉魚、海龜或一條被漁夫抓到的小蛇，把它放回水裏，(b)一條魚（或一條蛇）被捉住，釘在一個妖怪洞裏的牆上。或者(c)好幾年他把祭品扔到湖裏，湖神深感他的厚意。或(d)他救了一隻金鶯，實際上她是一位龍王公主。

2. 善報。這條魚實際是龍王之子（太子或公主）。(a)救主人公免於淹死。(b)變形為龍形，把公主帶出洞。(c)邀請主人公到他

---

[19] Stith Thompson, *The Folktale*, p. 134.

[20] 丁乃通：《中國民間故事類型索引》（鄭建成譯，北京：中國民間文藝出版社，1986），頁 184-195。

的宮殿,有時在那裏度過許多非常快活的日子。

3. 以法寶為酬。主人公即將告別回家,龍王公主（太子）告訴主人公,不要接受龍王別的禮物,而只要一個看上去像是不值錢的箱子等等。因為它實際上(a)會滿足主人所有的願望(b)裏面有一件小東西,(b1)一隻雉、一隻白母雞,等等,那就是龍王公主的化身,主人公依計而行,回到家打開箱子,得到仙妻。

4. 遺失法寶。主人公把法寶借給一位朋友或兄弟,法寶很快就回到海裏,或是不靈了。

以上這些情節和 AT555 型故事相似的地方,在於「救助」、「以法寶為酬」和「遺失法寶」三項,而「善報」一項則是中國龍女故事所特有的。

1. 印度佛經故事的龍女與龍宮

中國龍女型故事最早的文本,可上溯唐代李朝威的〈柳毅傳〉。故事講述柳毅赴考途中,遇到一位女子在冰天雪地中牧羊,多次打聽之下,才知道乃是洞庭湖的龍宮三公主。三公主受父之命,遠嫁涇水龍王十太子,但婚後生活殊不愉快,又被翁姑欺凌,帶負責降雨降雪的羊群到江邊放牧。周遭水族禽鳥懾於涇水龍王聲威,都不敢為三公主傳書回家求救。柳毅義憤填膺,答應放棄科舉的機會返回家鄉送信。洞庭君的弟弟錢塘君知道侄女的遭遇以後,十分氣憤,帶同水軍前往解救三公主,並殺了太子。錢塘君還想撮合柳毅和龍女,但柳毅介懷自己間接殺了三公主的丈夫,拒絕了婚事。柳毅回到家鄉以後,兩次娶妻,但妻子都年輕早喪,最後柳毅

搬到金陵，經常望湖興嘆；而三公主亦對柳毅日夜掛念。錢塘君由於錯手殺了三公主的丈夫而耿耿於懷，決意化身為媒婆前往柳家說媒，二人於是有情人終成眷屬，柳毅並因此成仙，和三公主一起享有萬年的長壽。**㉑**

〈柳毅傳〉除了「遺失法寶」一項之外，非常符合 AT555*型的故事結構，其中有「賜恩魚類」、「善報」和「以法寶為酬」三項，柳毅放棄科舉的機會到洞庭報信，就是「賜恩魚類」、在龍宮得到款待，就是「善報」、得到龍女垂青並結為夫婦，就是「以法寶為酬」。在中國的龍女型故事中，主人公大部分都會到龍宮去，並且娶龍女為妻。柳毅的故事其實還可以再溯源至印度，其中《摩訶僧祇律》卷三十二的龍女故事和〈柳毅傳〉有許多明顯的相似，這篇佛經故事譯成於東晉義熙十四年，即公元四百一十八年，收編在梁代僧旻、寶唱（約 495-529）等所編的《經律異相》的卷四十三，題為〈商人驅牛以贖龍女得金奉親〉。**㉒**

佛經的龍女故事講述一位販牛商人在異地經商時，見人在澤中捕得龍女，遂起慈悲之心，用八條牛贖出龍女並於水池邊放生，龍女感恩，變身人形邀請商人到龍宮作客，最後饋贈八餅金以報恩德。八餅金是一種龍金，可以「截已更生」，即截取之後又重新生長，取用不盡。商人到龍宮時，得知龍族須受五事苦，要脫離就只

㉑ 李昉（925-996）編：《太平廣記》（北京：中華書局，1961 年 9 月新 1 版，1995 年 8 月 6 刷），卷 419，頁 3410-3417。

㉒ 白化文：〈龍女報恩故事的來龍去脈：《柳毅傳》與《朱蛇記》比較觀〉，《文學遺產》1992 年 3 期，頁 79。這則故事的現代譯文可參寶唱等輯、白化文、李鼎霞釋譯：《經律異相》（台北：佛光文化，1996），頁 32-43。

可靠修行，希望轉生為人；龍女並教商人來生皈依之道。

在佛經故事中，龍是比人更為低等的生物，須受「五事苦」，即生時龍、眠時龍、淫時龍、瞋時龍、死時龍等五苦，意指龍雖可化身為人，但在生育時、睡眠時、男女交媾時、瞋怒時、死亡時，還不免要回復原形：「一日之半，三過皮肉落地，熱沙搏身。」一天有一半的時間，要爬在地上，受熱沙纏身之苦。劉守華還在《經律異相》卷二十二中找到另一則龍女故事：〈沙彌於龍女生愛遂生龍中〉，這是一則關於小和尚和龍女的愛情故事，小和尚不聽師傅的勸阻，愛戀龍女，最後得病，死後魂歸龍族。老和尚告訴徒弟，龍族要受三事苦，其詳如下：

> 一者雖百味飯，入口即化成蝦蟆；二者采女端正無比，欲為夫婦，兩蛇相交；三者龍背有逆鱗，沙石生其中，痛乃達心胸。❷

從上述的故事可見龍族之苦各有差異，但佛經中的龍並不是尊貴的生物，是確實無疑的。

2.中國龍女故事的道教色彩

季羨林（1911-）認為佛教傳入中國以後，「龍」的涵義有了變化，中譯佛經的「龍」字實際上是梵文 Naga 的翻譯，Naga 的意思是「蛇」，而唐代傳奇中的「龍王」就是梵文 Nagaraja, Nagaraj 或

---

❷　寶唱等，頁 177-181。

Nagarajan 的翻譯。所以本質上，唐代流行的龍王龍女故事，「龍」的形象明顯和中國古代有分別。❷

　　來到中國生根的龍女，不再是卑賤的龍族，整天要受五苦三苦，而是屬於神類，可以長生不老，而且擁有法力。〈柳毅傳〉的龍女能享仙壽萬年、而錢塘君因發脾氣亂發大水，玉皇大帝乃念其兄洞庭君行善積德，只將他拘禁、柳毅從大樹走進龍宮等等，其中的長生不死、玉皇大帝、洞天等等想法，都是道家的想像系統，可以說〈柳毅傳〉雖然受到印度佛經故事的影響，但也可見到很多本土化的痕跡。

　　陳蒲清認為〈柳毅傳〉受到六朝《搜神記》的〈河伯招婿〉、《大唐西域記》的〈龍女招親〉等故事影響❷，這些故事是柳毅娶龍女為妻，即龍女故事的「善報」情節的先例。不過，〈河伯招婿〉和〈龍女招親〉兩個故事，男主人公都要到龍宮去，龍女並沒有如〈柳毅傳〉那樣，兩夫婦生活在南海，直至皇帝不斷向柳毅求長生之術，兩人才迫不得已搬回到洞庭湖中的龍宮。

四、神話解讀：中國洪水傳說的文化底層

　　〈柳毅傳〉和印度佛經的關係已經幾成定案，但是〈柳毅傳〉在轉化佛經故事的過程中，為什麼會出現一種中國特有的故事類

---

❷　李美林：〈印度文學在中國〉，《比較文學與民間文學》（北京：北京大學出版社，1991年初版，1997年8月2刷），頁108。

❷　陳蒲清，頁117。

型，仍然是深具趣味的。呂微（1952-）在《神話何為》一書中，提出龍女故事可能源於遠古的洪水神話。他認為歐洲的「漁夫和妻子」型故事，和印度古代傳說〈摩奴和伊達〉存在著極多相似之處。〈摩奴和伊達〉是一則洪水神話，文本最早見於公元前十世紀到七世紀的印度梵文經典中，並見載於印度史詩《摩訶婆羅多》之中，後更為佛教吸收，成為佛經故事。這則故事在三國時期由康僧會譯成中文，收編進《六度經集》之中，這篇譯文後來也被梁代的僧旻和寶唱收進《經律異相》，唐代道世編集的《諸經要集》、《法苑珠林》等佛典類書也有提及。❷❻

1.印度洪水神話的演變：從史詩到佛經故事

　　〈摩奴和伊達〉講述達摩救了一尾小魚，小魚要求達摩收養牠，免於淪為大魚的食糧。小魚預言自己完全長大以後，那一年將會有洪水，並囑咐達摩要儘快做一條大船。後來小魚長成了一條巨大的魚，洪水要來，魚遂把船拖到遙遠的北山，大水來了，所有生物都不存了，達摩盼望能有後代，於是每天舉行祭祀，向大海祝禱，並每天向水中投獻酥油、酸奶、乳漿和奶酪。不到一年，長出一個女人。女人說自己就是達摩的女兒，她就是故事中的伊達，後來兩人不斷祭祠並做苦行，最後誕生了達摩的種族。❷❼

　　這個故事到了佛經，達摩變成了菩薩，因救助鱉魚而得逃過洪

---

❷❻　　呂微，頁 251-252。

❷❼　　魏慶征編：〈「梵書」（選編）·「百道梵書」·洪水滅世〉，《古代印度神話》（太原：北岳文藝出版社、山西人民出版社，1999），頁 75-76。

水，菩薩在船舟之中，不斷救助在水中漂浮的生物，包括蛇和狐狸，還有人。救人的時候，鱉魚曾經阻止，但菩薩不聽。後來洪水退了，蛇和狐狸各自離開，狐狸在洞穴中找到古人埋藏的紫磨金一百斤，送給菩薩以報救命之恩，菩薩決定用來救濟眾生，但人卻要求分走其中一半，菩薩不答應，只給他十斤，人遂告官，說菩薩的金是偷來的，後來菩薩入獄，幸得蛇相救，人並得到懲罰。❷❸

呂微認為佛經故事較諸神話，多加了奢求和失寶的情節，更加貼近「漁夫和妻子」型的故事。奢求和失寶是佛經故事加進去的教訓，不過從故事的演變過程可以見到，並不如湯普森所說的，漁夫和妻子型故事是由荷蘭人傳到東印度。❷❾

2.中國洪水神話的演變：從鯀禹治水到歐明如願故事

與印度洪水神話相類似，中國也有另一個由神話到傳說故事的演變過程。中國的洪水故事的演變模式，是由伏羲女媧兄妹婚神話到歐明求如願故事，再到龍女報恩。伏羲女媧兄妹婚神話的最初形態是鯀禹潛水取土造地神話，兩者的關係是初創世型洪水神話和再創世型洪水神話，一般創世型神話會經歷再次墮罪和獲救的過程，而故事的具體結構模式是重複的。❸❶這些創世神話如果用 AT555 型故事主題次序去分析，即救助、入水、秘囑、得寶、奢求和懲

---

❷❸ 《經律異相》卷 11 引〈布施度無極經〉，呂微，頁 253。

❷❾ Thompson, *The Folktale*, p. 134.

❸❶ 呂微，頁 20-23。所謂重複，例如兄妹婚和鯀自腹中生禹的模式，都是雙方或者單方兼任的同血緣的傳宗接代。

罰,的確有重疊的地方。❸

　　以上的神話分析,牽涉的研究範圍比較複雜,但對我們了解龍女型故事有幫助的論點有二:一、龍女型故事是一個受創世神話結構影響的故事,和本土文化有很大的關係;二、龍女型故事即使受到印度佛教的影響,但仍然沒有改動其中的某些內核結構。那麼中國獨有的龍女型故事,有些什麼特別的地方?

　　呂微曾經指出印度的摩奴依達神話與中國歐明如願故事共通的細節有兩個:一、主人公投獻祭品於水中以生出女兒或投獻禮品以求得婢女;二、主人公通過女兒實現所祈求的福址或「如要物且就如願所須皆得」。這兩個部分是歐洲故事所沒有的。❸

　　歐明如願故事見於晉代(317-420)干寶(?-336)的《搜神記》卷四,❸但版本多有不同,故事還可見於唐韓鄂《歲華紀麗》卷一〈藏糞掃〉,❸及《荊楚歲時記》的「正月一日」條,❸前者標明引自《搜神記》,後者則注按《錄異記》,三則文本內容有詳略不同。但整體來說,故事是關於商人歐明,從商經過彭澤湖的時候,總就舟中所有,拋擲一些東西到湖裏,作為給河神的禮物。如是過了幾年,有一年河神青洪君為了表示謝意,派車馬迎接他到龍宮作

---

❸　呂微,頁 249。

❸　呂微,頁 252。

❸　干寶:《搜神記》(長沙:岳麓書社,1989 年 7 月),頁 33-34。

❸　韓鄂:〈藏糞掃〉,《歲華紀麗》(海口市:海南出版社,2001),卷 1,頁 4。

❸　王毓榮:《荊楚歲時記校注》(台北:文津出版社,1988 年 8 月初版,1992 年 6 月 2 刷),頁 47-52。

客，龍宮有一位吏卒教歐明，如果青洪君要賞賜他什麼禮物，他千萬別要，一定要他的婢女如願。於是如願成為了他的妻子，回到家裏，歐明無論冀求什麼，都可以得到，數年間成為大富。有一年的年初一，如願起得很晚，歐明用杖責打，如願以頭鑽入糞堆中，從此消失，自如願走後，歐明一家便貧窮起來。現在北方人每到正月，總用杖打糞堆，並假裝呼痛，甚或放偶人於糞堆中，都是假裝如願沒有走，還在糞堆中之意，也有正月不把糞堆掃出門者。

　　歐明如願故事是潛水取土造地神話的民間故事版，鯀和禹治水神話中的息壤，其實就是農耕文化的創世神話思維：以糞土作為至陰之物，即死亡的象徵，然後英雄入水取糞土，讓萬物重生。英雄入水代表著中國人對太陽每天周而復始的想像，夸父逐日神話也代表了這種想像：夸父來自幽冥世界，逐日的過程中又必須化為腐土，滋養桃林。❸所以中國獨有的龍女故事，主人公必須入龍宮，然後娶得龍女，龍女又會為主人公帶來財富。龍宮和龍女的象徵明顯受到印度佛經故事的影響，但入水取土和滋生財富，則是中國創世神話原初有的結構。

五、近代的龍女故事

　　西方的「漁夫和妻子」型故事，是漁夫獲寶，但因妻子的貪婪

---

❸　夸父神話的解讀可參：1.王孝廉：〈夸父神話──古代的幽冥信仰之一〉，《中國的神話世界：各民族的創世神話及信仰》（台北：時報文化出版，1987），頁709-762。2.葉舒憲：〈道的原型〉，《中國神話哲學》（北京：中國社會科學出版社，1992），頁107-144。

而失寶，格林兄弟認為夏娃和亞當的故事是這類型故事的始祖，中國版本的龍女故事，自〈歐明如願〉開始，就只有男主人公獲寶，而寶物就是妻子。這個傳統一直延續到近代，近代的龍女故事也出現奢求和失寶受懲罰的情節，但奢求和失寶部分，由別的角色替代，他們通常是縣官、財主和後娘，因為無理搶奪男主人公的寶貝妻子，而遭到懲罰。

1.罪與善報觀念

　　與西方一神教的宗教思想不一樣，東方的佛教思想，人和自然的關係不在於服從，而在於「等價交換」，也就是「民胞物與」的精神；人和自然是一體的，而且有著對流的關係。中澤新一在《對稱性人類學》裏，提出了佛教嚴格來說，不能算是宗教的想法；菩薩捨身飼虎、業報輪迴轉世等思想，人和動物之間，都保有著十足的平等對稱，這正是原初人類對自然的想法。動物可以成仙，人也可以輪迴為動物，生命法輪是無休止地運作的，除非放棄離捨，不然一刻都不會停止。

　　中國的龍女故事從沒有出現過要成為至高無上的神祇的想法，也就是誰比誰高的問題，不存在於人和自然之間。惡念永遠出在貪得，以至讓自然和人的關係失衡。而善有善報，惡有惡報，善人從來不會得到惡的果報，這彷彿是人類的願望，西方的漁夫和妻子型故事，也一樣有這種想法。漁夫是善人，就不會做惡行，妻子是惡人，所為皆惡；在民間故事裏，善惡的角色非常分明。

　　龍女故事的惡人角色不在妻子，妻子是自然贈與的寶物，不會有善惡，那麼惡人就非要由別的角色擔任不可。其中有縣官，例如

四川的〈孤兒和龍姑娘〉、❸貴州的〈龍女配召贊〉；❸有財主，如浙江的〈三擔水與龍女〉；❸有後娘，如甘肅的〈豆皮和豆瓢〉、❹寧夏的〈豆皮皮和豆瓢瓢〉，❹但也有男主人公自身是壞人，騙取寶物或者龍女，最後得到懲罰的，如四川的〈魚娘娘〉、❹貴州的〈丁郎和龍女〉❹等。

惡人一般妒忌男主人公能娶龍女，並因而致富，於是千方百計想把龍女奪走，最後得到懲罰。而故事結局龍女大部分留在人間，和男主人公快快樂樂地生活下去。

2.息壤與五行思想

呂微專事研究洪水神話和財神傳說，他認為洪水神話和財神傳說之間關係密切，其中鯀禹取息壤平洪水，息壤為黑土，所以財神大都為黑面等，都是很明顯的象徵連繫。洪水和財神兩者，其實都按五行中的水和土兩種元素互相補足運行，這與中國的農耕文化不無關係；太多的水元素會帶來洪水，只有土元素則意味乾旱。又水中腐土為至陰之物，至陰之物能激發陽氣的生長；代表陰的腐土是肥料，代表陽的植物生成是農作物得到灌溉而茁壯成長。如果換為

---

❸　〈孤兒與龍姑娘〉，《中國民間故事集成・四川卷》，下冊，頁 1445-1446。

❸　〈龍女配召贊〉，《中國民間故事集成・貴州卷》，頁 619-622。

❸　〈三擔水與龍女〉，《中國民間故事集成・浙江卷》，頁 611-613。

❹　〈豆皮和豆瓢〉，《中國民間故事集成・甘肅卷》，頁 517-523。

❹　〈豆皮皮和豆瓢瓢〉，《中國民間故事集成・寧夏卷》，頁 258-261。

❹　〈魚娘娘〉，《中國民間故事集成・四川卷》，上冊，頁 510-511。

❹　〈丁郎和龍女〉，《中國民間故事集成・貴州卷》，頁 617-619。

男女，則水中腐土當為大母神的象徵，大母神是生育豐饒的女神，而這位女神在傳說故事中，托附在龍女身上，似乎是合乎五行思維的邏輯的。

在水和土混和而成財富的思維中，過份的火元素可能就是先天的敵人。唐代的〈柳毅傳〉中講述柳毅到龍宮去拜訪洞庭君的時候，洞庭君正在和道士講述《火經》，是非常有趣的段落。原文如下：

> 毅謂夫曰。洞庭君安在哉。曰。吾君方幸玄珠閣。與太陽道
> 士講大經。少選當畢。毅曰。何謂大經。夫曰。吾君龍也。
> 龍以水為神。舉一滴可包陵谷。道士乃人也。人以火為神
> 聖。發一燈可燎阿房。然而靈用不同。玄化各異。太陽道士
> 精於人理。吾君邀以聽。❹

「大經」當作「火經」。近代的龍女故事，惡人受到的懲罰都和火有關，以下都是一些懲罰的模式：

> （〈孤兒和龍姑娘〉）等孤兒他們走遠了，他喊人去撮幾鍋鏟
> 大大的紅火炭，倒進「害死人」的嘴巴裏。「轟隆」一聲，
> 火藥炸了，房子燃燒了，一場大火燒到天亮，把黑心的縣官
> 燒死了。❺

---

❹　李昉，卷 419，頁 3411。
❺　〈孤兒與龍姑娘〉，頁 1446。

（〈寶瓮〉）老百姓平常恨死了「大臭蟲」，大家看到縣衙失火，都拍手喊好，沒有一個人去救火。寶瓮裏的火苗，越來越大，越來越旺，不一會工夫，一座縣衙便燒光了，縣官一家人也都化骨揚灰了。**❹❻**

（〈豆皮和豆瓣〉）兒子一聽，害怕得後退，她硬是把兒子掀了下去，燙得腳刳手刳，她以為是兒子向她招手，就跳了下去，燙得她也踢彈了一會兒就不見了。娘兒倆在開水裏燙死了。**❹❼**

（〈豆皮皮和豆瓣瓣〉）後媽見豆皮皮沒燙死，還拿了這麼多金銀，眼睛都看直了，急忙給豆瓣瓣說：「你快下去給咱們馱金銀，如果多了拿不動，你就給我招手，我來幫你。」說完一把把豆瓣瓣搡了下去。等啊不見，等啊不見。過了一個時辰，豆瓣瓣燙得腳刳手揚地漂上來了，他媽沒看清，當是金銀多得拿不動，上來給招手，趕緊撲下去幫忙，也叫開水燙死了。**❹❽**

（〈人為財死，雕為食之〉）雕剛飛走，太陽就出來了，只一會，就把老大曬死了。雕在半天裏，看見老大曬得油汪汪

---

❹❻ 〈寶瓮〉，《中國民間故事集成·江蘇卷》，頁569。
❹❼ 〈豆皮和豆瓣〉，頁520。
❹❽ 〈豆皮皮和豆瓣瓣〉，頁261。

的，嘴一饞，又飛了回來吃老大的肉呢。結果，也被太陽曬死了。❹

　　以上的故事類型，有些不屬於 AT555*，而是屬於西方所無的別的亞型，例如 AT555A 的〈太陽國〉型故事、AT555C 的〈聚寶盆和源源不絕的父親〉型故事，這些亞型故事都是「漁夫和妻子」型故事的大項之下的變體，具體故事情節是差不多的，即「得到神賜與的寶物」和「失寶」。例如〈人為財死，雕為食亡〉應為 AT555A，〈寶瓷故事〉應為 AT555C。

　　這些亞型故事的出現，和中國洪水神話中的息壤特性不無關係。鯀禹神話中的息壤是「土自長息無限」，❺意指泥土可以不斷無限量的增多。源源不絕增多的形象和不斷將物件複製的聚寶盆很相似，而〈太陽國〉型故事中的乾旱，也正好是五行中水元素的敵人，主人公被兄嫂虐待，並給他炒熟了的種子，後來鷹把他帶到太陽國去取黃金，那裏的黃金和大海的息壤一樣，取之不盡，但火元素太強，一樣會把人燒死，所以兄嫂因為貪婪，過了時間都不離開，最後活活曬死了。除了以上兩個亞型故事以外，龍女故事本身也有以火作為相尅的用意，例如被滾水燙死，被大火燒死等都是。

---

❹　〈人為財死，雕為食之〉，《中國民間故事集成‧寧夏卷》，頁 322。

❺　轉引自袁珂（1916-2001）編著：〈息壤〉，《中國神話傳說詞典》（上海：上海辭書出版社，1985），頁 324。原文為：《山海經‧海內經》：「鯀竊帝之息壤以堙洪水。」郭璞注：「息壤者，言土自長息無限，故可以塞洪水也。」又參郭郭（1922-）：《山海經注証》（北京：中國社會科學出版社，2004），頁 707。

3. 豐饒的大地女神

劉守華曾經指出，中國民間故事中的婦女形象，經常是強而有力的，甚至壓到了男性，這反映了「傳統觀念所忽視的女性潛在力量的存在」，也是「女性『自我陶醉』、『自我擴張』心理的自然流露。」❺這種特徵共同出現在意大利和中國的童話之中，也許不是偶然的，不過也不是普遍的，起碼《格林童話》就沒有這種現象，其中女性一般都是沉默的。

中國的龍女形象，是既堅強又無所不能的，男主人公則顯得懦弱，需要救助。龍女不獨為丈夫帶來財富，而且還充滿智謀，為他排難解紛，這些職能在《格林童話》裏，一般由男性負責。龍女型故事的男性還經常違背龍女的囑咐，例如〈畫像〉的故事，龍女要丈夫把自己的畫像藏好，但丈夫沒有聽，最後讓路過的國王看見了，硬把龍女搶走，龍女又設計讓國王去學丈夫扮乞丐，結果給她當作乞丐一樣趕了出去，丟了王位。❺龍女除了用計謀厲害，還有很多法寶，例如〈孤兒和龍姑娘〉的故事，她可以叫孤兒去龍宮取紅公雞，一說去取，公雞就在門外，丈夫用牠和馬兒相鬥，一下就可以把馬兒的左、右眼珠都啄去。❺又例如〈豆皮和豆瓢〉的故事，龍女可以用法術把儲水池的水煮滾等。❺

---

❺　劉守華：〈東西方兩位女故事家之比較：從「意大利童話」說起〉，《比較故事學》（上海：上海文藝出版社，1995），頁 322。

❺　〈畫像〉，《中國民間故事集成・四川》，下冊，頁 1170-1171。

❺　〈孤兒和龍姑娘〉，頁 1445-1446。

❺　〈豆皮和豆瓢〉，頁 513。

豐饒女神一般有大能，但破壞和再生的能力同時具備，這是大地母神的特徵，龍女型故事較之於別的中國民間故事，懲罰特別嚴厲，這可能和龍女作為豐饒女神的特徵，有密切的關係。

六、現代繪本的情況

「漁夫和妻子」型故事的現代繪本頗有特色。台灣方面，有根據普希金（Aleksandr Sergeevich Pushkin, 1799-1837）兒童詩改篇的《彩色世界童話全集・小金魚》，⑮普希金的改編參考了格林版本，所以本書內容大致和格林版相近。繪本運用鮮艷明朗的顏色，與圓線條為主的構圖，營造出故事滑稽的調子。不過，繪本的作者修改了故事的結局：妻子由凶惡的女王變回溫柔善良的老婆婆，從此以後，和老公公相親相愛地過著快樂的生活。

另一個按格林版改編的繪本，是約翰・豪威（John Howe, 1957-）的《漁夫和他的妻子》（*The Fisherman and His Wife*）。⑯豪威曾為《魔戒三部曲》（*Lord of the Rings*）創作小說插圖，其寫實畫風經常流露出魔幻元素。本書無論是人物或風景的細節，均貼近海洋場景和故事原來的壓抑氣氛，尤其是以水彩表現海洋的變化，可說淋漓盡致地將格林兄弟的寫景逼真地表現出來。豪威把妻子刻畫得面目可憎，體積隨著欲望增加而不斷膨脹；妻子龐大而充滿威脅感的動

---

⑮ 普希金：《彩色世界童話全集 23・小金魚》（周山山改寫，台北：光復書局，1973）。

⑯ Brothers Grimm, *The Fisherman and His Wife*, illustrated by John Howe (Mankato: Creative Editions, 2001).

作，令漁夫顯得渺小和拘謹。不過，兩人的關係與大海相比都是微不足道而已，人類與異界的界線截然二分。本書的場景調度甚有電影感，豪威加入黑貓角色，似乎暗喻了命運的神秘和不可預測。

至於由郝廣才撰文，瑪麗安·荷絲（Marianne Roth, 1962-）繪圖的《金魚王在哪裏》**⑰**則採用〈漁夫和他的妻子〉的故事框架，創造出小熊阿空的故事。一天，阿空釣起一條大魚，大魚請求阿空放過牠，條件是給他實現願望。阿空許願變成詩人、畫家、音樂家，但都無法感到快樂，漁夫被阿空的音樂打動，認為那是「想念朋友的音樂」，想把大魚送給阿空作為答謝，為他實現任何願望。阿空不想再成為任何人物，什麼願望都沒有，只要他的好朋友。本故事中的漁夫是大魚的主人，沒有被妻子逼迫許願的情節，整個情節焦點轉變為阿空尋覓自我時，對外界反應的描寫。阿空要唸詩，朋友都趕緊走開；成了畫家，沒人來看畫展；奏音樂，聽的人都不一會就睡著，所有藝術事業都沒有得到別人回應，阿空感到心灰意懶，失去堅持下去的決心，於是願望改了又改，最終都不及朋友來得重要。這本書借用〈漁夫和他的妻子〉的故事，描寫小孩追尋夢想，遇到的種種挫折，而不是探討人性的貪婪，內容與格林版很不相同。廣闊的大海色澤深沉，主人公獨處其中，顯得無比孤獨，帶出縱有無盡的願望卻無人可以分享的孤獨感覺。

中國版本方面，有古軍改編、萬儉繪圖的《龍女的故事》。**⑱**

---

⑰ 郝廣才：《金魚王在哪裏》（瑪莉安荷絲圖，台北：台灣東方出版社，1994）。

⑱ 古軍：《彩繪中國民間故事·龍女的故事》（萬儉圖，杭州：浙江少年兒童出版社，1992）。

故事講述一位叫樹直的仫佬族青年救回一隻鳥兒，從此家裏變得井井有條，原來小鳥是龍女的化身，為了報恩來到人間當樹直的妻子。後來縣官垂涎龍女的美色，諸般設計刁難，結果被龍女懲罰，炸得粉身碎骨。全書畫風趨向抽象，配合少數民族風格，並採用龍女型故事為骨架，描寫出龍女仙妻的形象。另一個中國版本是《譚含輝與三龍女》，❺❾主人公譚含輝是一個孤兒，逃出財主家後，獲得龍女的幫助，並結為夫婦。後來財主想獨佔龍女，聘請獨眼鬼師作法，卻被龍女一一破解，兩人更被碎屍萬段。《譚含輝與三龍女》的故事，多了法師降法的情節，而且受害人不再是龍女夫婦二人，還禍及老百姓，這也是典型的民間故事所無的。

香港方面，七十年代《兒童樂園》半月刊「兒童文藝叢書」，曾經以〈柳毅傳〉為藍本，改編了一本名為《龍王三公主》的故事，情節和原著的差異不大。❻⓪之後，新雅文化於八十年代出版一系列新編中國故事，其中就有由凡真編寫，張紀平繪圖的《龍王公主》。❻❶故事講述東海老母龍誕下公主，公主要找世界上最勇敢的人才肯出嫁，於是離開龍宮到人間四出尋訪。公主遇上心地善良的牧羊人，願意放棄個人享樂，把龍女贈予的寶物轉送給也需要幫助的農人和漁夫。龍女又懲罰貪心的鬍子爺，與牧羊人一起為村人建房子，牧羊人的善心其實就是勇氣，他最終感動了龍女，兩人結為

❺❾ 南妮：《彩繪中國民間故事·譚含輝與三龍女》（黃越圖，杭州：浙江少年兒童出版社，1992）。

❻⓪ 盧雪鄉改寫、古城插圖：《龍王三公主》（香港：兒童樂園半月刊社，1973）。

❻❶ 凡真：《龍王公主》（張紀平圖，香港：新雅文化，1984）。

夫婦。這個改編故事突出龍女的勇敢果斷的性格，為了幸福不惜放棄仙人的神力。她不是為了報恩才成為牧羊人的妻子，而是傾慕、追尋高尚的人格，因此有別於傳統的龍女形象。不過，龍女無所不能，為人類帶來財富這一點，是和龍女故事並行不悖的。

七、研究進階入門

1. 呂微：〈禹治水、求如願與龍女報恩——從神話、傳說到故事：民間敘事的題材結構與體裁功能〉，《神話何為——神聖敘事的傳承與闡釋》，北京：社會科學文獻出版社，2001，頁237-319。

   這本書共分九章，分別為「方法：用不可見的現實解說可見的現象」、「鯀禹神話」、「息壤」、「農耕文化語境中的送窮習俗與如願故事」、「本草藥物療法中的神話原型」、「地方知識與民俗模式」、「禹治水求如願與龍女報恩」、「楚地帛書敦煌殘卷與佛教偽經中的伏羲女媧故事」、「魔法神靈的道德轉化」、「結語：黑色的意義」。全部九章按歷史次序編排，自成體系，是一部不可多得的參考書。

2. 劉守華：〈佛教傳播與中國民間故事〉，《中國民間故事史》，武漢：湖北教育出版社，1998，頁573-673。

   全書共十二章，這是第九章，其中分七節，「商人贖龍女」與中國的「龍女報恩」是其中的一節。劉守華純粹從民間文學研究者的角度去分析龍女故事，和神話角度有些不一樣，可以擴闊眼界。

3. Alan Dundes. "Earth-Diver: Creation of the Mythopoeic Male", *Sacred Narrative: Readings in the Theory of Myth.* Ed. Alan Dundes. Berkeley and Los Angeles, California: U of California P, Ltd., 1984, pp. 270-294.

就弗洛依德提出的人類啟悟儀禮，來分析遠古洪水英雄神話，並從人類學者的角度，討論其中的可用性與不可用性。

4. 白化文：〈龍女報恩故事的來龍去脈──《柳毅傳》與《朱蛇傳》比較觀〉，《文學遺產》1992年3期，頁78-84。

這篇文章以龍女形象為題，分析其在中國文學史裏的變遷。由先秦的水神形象到宋元以來的情況，並嘗試說明變遷的原因。

5. 洪白蓉：《幸福的祈思：中國龍女故事類型研究》，台灣東海大學中國文學系未刊碩士論文，2001。

這篇論文以中國本土的龍女型故事為對象，詳細分析了不同文本在不同情節之間的異同，引用的參考資料非常詳盡。

參考文獻

㈠文本資料

AU

歐鵰勃編：《景頗族民間故事選》，上海：上海文藝出版社，1991。

BA

巴西耳：《五日談》，馬愛農、馬愛新譯，長春：時代文藝出版社，1996。

巴貝，柯爾：《灰王子》，郭恩惠譯，台北：格林文化，2001。

BAI

白瑞，愛麗斯：《追夢王子》，管家琪譯，台北：格林文化，1994。

BEI

貝洛：《貝洛民間故事集》，齊霞飛譯，初版，台北：志文出版社，1997。

貝洛、王爾德：《貝洛／王爾德童話》，戴望舒譯，上海：少年兒童出版社，1997 年 11 月初版，1998 年 4 月 2 刷。

CHEN

陳蒲清編：《中國經典童話：歷經千年橫跨群書的 119 個述異傳奇》，台北：三言社，2004。

陳慶浩、王秋桂編：《中國民間故事全集·山東民間故事集》，台北：遠流出版，1989 年 6 月初版，1994 年 10 月 3 刷。

——、王秋桂編：《中國民間故事全集·台灣民間故事集》，台北：遠流出版，1989 年 6 月初版，1994 年 10 月 3 刷。

——、王秋桂編：《中國民間故事全集·雲南民間故事集》，台北：遠流出版，1989 年 6 月，1994 年 10 月 3 刷。

——、王秋桂編：《中國民間故事全集·遼寧民間故事集》，台北：遠流出版，1989 年 6 月，1994 年 10 月 3 刷。

CHENG

程樞榮編譯：《玻璃鞋》，香港：雅苑出版社，1982。

CUI

崔維查，尤金：《三隻小狼和一隻大壞豬》，海倫·奧森貝里圖，曾陽晴譯，台北：遠流出版，2002 年 2 月初版，2002 年 9 月 3 刷。

DUAN

段成式：《酉陽雜俎》，金桑選譯，杭州：浙江古籍出版社，1987。

——文，李漢文圖：《無條件的愛：神奇的魚骨頭》，台北：格林文化，2004。

GAO

高洪丹，菲利浦：《大野狼來了》，蔡靜如譯，台北：經典傳訊文化，2001 年 11 月初版。

GE

格林兄弟：《格林童話故事全集》，徐珞、余曉麗、劉冬瑜譯，台北：遠流，2001 年 1 月初版，2001 年 9 月 4 刷，冊 1-4。

——：《初版格林童話集》，許嘉祥、劉子倩譯，台北：旗品文化，2000 年 7 月 1 版。

——：〈グリムメルヒェン集：エーレンベルク〉（〈格林手稿集〉），小澤俊夫譯，《ドイツ·ロマン派全集》，東京：國書刊行會，1989，卷 15，頁 9-114。

——：《初版グリム童話集》，東京：白水社，1997-1999 年，冊 1-4。

GUAN

關關：《虎姑婆》，李漢文圖，台北：遠流出版，2003 年 7 月初版，2005 年 10 月 4 刷。

關敬吾編：《日本民間故事選》，金道權等譯，北京：中國民間文藝出版社，1982。

HAO

郝廣才：《小紅帽來啦》，段勻之圖，台北：格林文化，1993 年 11 月初版。

——：《新天糖樂園》，王家珠圖，台北：台灣東方出版社，1994。

——：《再見人魚》，湯馬克，台北：台灣東方出版社，1993。

——：《野獸王子》，高達辛絲嘉圖，台北：台灣東方出版社，1993。

——：《小紅帽來啦！》，湯馬克，台北：台灣東方出版社，1993。

——：《青蛙變變變》，伊莎貝爾圖，台北：台灣東方出版社，1994。

——：《蛤蟆蛙》，柯明圖，台北，遠流出版，1992。

——：《夢幻城堡》，白蒂莉亞圖，台北：台灣東方出版社，1993。

HUO

霍甫曼：《灰姑娘》，朱建中譯，香港：培生教育出版社，2002。

KA

卡爾維諾：《義大利童話》，倪安宇、馬箭飛等譯，台北：時報文化，2003
年 5 月初版，2005 年 3 月 3 刷。

KAN

簡麗華：《馬桶上的一枚指紋》，張振松圖，台北：賢志文教基金會，
1999。

PU

普捷天奴：《糖果屋》，葉曉雯譯寫，台北：大千文化，2002。

SHA

莎士比亞：《馬克白》，朱生豪譯，台北：世界書局，1996 年 5 月初版，
2000 年 11 月 2 版 7 刷。

XU

許玉敏：《糖果屋裏的秘密》，張麗真圖，台北：賢志文教基金會，1999。

YANG

楊志成：《狼婆婆》，林良譯，台北：遠流出版，1992 年 11 月初版，2001
年 7 月 5 刷。

ZHANG

張玲玲：《賣香屁》，李漢文圖，台北：遠流出版，2003 年 7 月初版，2005
年 10 月 3 刷。

ZHONG

中國民間文學集成全國編輯委員會，《中國民間文學集成》編輯委員會：
《中國民間故事集成》，北京：中國文聯出版社，1992-2003 年各卷。

忠錄編：《錫伯族民間故事選》，上海：上海文藝出版社，1991。

Wratislaw, A.H. *Sixty Folktales from Exclusively Slavonic Sources.* Boston:
Houghton, Mifflin & Co., 1890.

Beck, Ian. *Cinderella.* London: Doubleday, 1999.

Briggs, Katharine M. *A Dictionary of British Folk-Tales in the English Language:
Incorporating the F.J. Norton Collection. Part A.* London & New York:
Routledge, 1991.

Calvino, Italo, ed. *Italian Folktales.* Trans. George Martin. San Diego, Calif., New
York: Harcourt Brace Jovanovich, 1980.

Campbell, J.F. *Popular Tales of the West Highlands.* London: Alexander Gardner,
1890.

Cloke, Rene. *Cinderella.* London: Award Publications, 1991.

Croaker, Gillian. *Cinderella.* Australia: Macmillan Education, 1995.

Disney, Walt. *Disney's Cinderella.* Loughborough: Ladybird, 1997.

---. *Cinderella.* Loughborough: Ladybird, 1998.

---. *Snow White and the Seven Dwarfs.* Loughborough: Ladybird Books, 1995.

French, Fiona. *Snow White in New York.* Oxford: Oxford UP, 1986.

Grimm, Jacob and Wilhelm Grimm. *The Complete Fairy Tales of the Brothers
Grimm.* Trans. Jack Zipes. New York: Bantam, 1987.

---. *The Frog Prince: or Iron Henry.* Illustrated by Binette Schroeder, trans. Naomi
Lewis, New York: North-South Books, 1989.

Hunia, Fran. *Cinderella.* Leicestershire, UK: Ladybird Books, 1993.

Impey, Rose. *The Orchard Book of Fairy Tales.* London: Orchard Books, 1992.

Jacobs, Joseph, ed. *More Celtic Fairy Tales.* London: David Nutt, 1894.

---. *Celtic Fairy Tales.* London: David Nutt, 1892.

Johnston, Tony, James Warhola. *Bigfoot Cinderrrrella.* New York: Puffin Books, 1998.

Kennedy, Patrick. *Legendary Fictions of the Irish Celts.* London: Macmillan and Company, 1866.

Lang, Andrew. *Blue Fairy Book.* Ed. Brian Alderson. London: Puffin Books, 1975.

Louie, Ai-Ling. Yeh-Shen: *A Cinderella Story from China.* New York: Philomel Books, 1982.

Martin, Rafe, David Shannon. *The Rough-Face Girl.* New York: G.P. Putnam's Sons, 1992.

Massignon, Geneviève, ed. *Folktales of France.* Trans. Jacqueline Hyland. Chicago: U of Chicago Press, 1968.

Pedroso, Consiglieri. *Portuguese Folk-Tales.* Folk Lore Society Pub. Vol. 9. Trans. Henrietta Monteiro. New York: Folklore Society, 1882, reprinted, New York: Benjamin Blom, 1969.

The Book of the Thousand Nights and One Night. Rendered into English from the literal and complete French translation of Dr. J.C. Mardrus by Powys Mathers. London: The Folio Press, 1980.

㆓研究資料

BA

巴斯托・安・勒維琳：《獵・殺・女巫：以女性觀點重現的歐洲女巫史》，嚴韻譯，臺北：女書文化，1999。

BAI

白化文：〈龍女報恩故事的來龍去脈〉，《文學遺產》1992 年 3 期，頁 78-84。

——、李鼎霞譯：《經律異相》，高雄：佛光出版社，1996。

DA

大室幹雄：《滑稽群像》，譯者不詳，台北：河洛圖書出版社，1978。

DAO

稻田浩二等編：《日本昔話事典（縮刷版）》，東京：弘文堂，1994 年初
　　版，1999 年 2 刷。

DING

丁乃通：《中西敘事文學比較研究》，陳建憲等譯，武漢：華中師範大學出
　　版社，2005。

——：《中國民間故事類型索引》，鄭建成譯，北京：中國民間文藝出版
　　社，1986。

FENG

馮亞琳：〈用童話構建歷史真實：君特‧格拉斯的《比目魚》與德國浪漫童
　　話傳統〉，《當代外國文學》2004 年 3 期，頁 130-134。

GAO

高木昌史：《グリム童話を讀む事典》（《格林童話事典》），東京：三交
　　社，2002。

高橋吉文：《グリム童話／冥府の旅》（《格林童話／冥府之旅》），東
　　京：白水社，1996 年 10 月初版，1998 年 10 月 2 刷。

GUO

郭郛：《山海經注証》，北京：中國社會科學出版社，2004。

HE

河合隼雄：《昔話の深層：ユング心理學とグリム童話》（《童話的深層：
　　榮格心理學與格林童話》），東京：講談社，1994 年 2 月初版，1997
　　年 12 月 13 刷。

——：《母性社會日本の病理》（《母性社會日本的病理》），東京：講談
　　社，1997。

——：《日本人的傳說與心靈》，廣梅芳譯，台北：心靈工坊，2004。

HUANG

黃承增編：《廣虞初新志》，載湯顯祖等原輯，袁宏道評注，柯愈春編纂：
　　《說海》，北京：人民日報出版社，1997，冊4，卷17。

JI

季羨林：《比較文學與民間文學》，北京：北京大學出版社，1991年初版，
　　1997年8月2刷。

KA

凱許登，雪登：《巫婆一定得死》，李淑珺譯，台北：張老師文化，2001。

LI

李昉編：《太平廣記》，北京：中華書局，1995。

LIN

林繼富：〈青蛙美女的婚戀〉，《湖北民族學院學報》（哲學社會科學版）
　　19卷3期，2001年，頁5-10。

──：〈中國怪孩子故事亞型及家族倫理思想〉，《民族文學研究》1999年
　　4期，頁20-25。

──：〈源於怪的力和美──中國怪孩子故事的審美藝術〉，《西北民族研
　　究》，37期，2003年，頁127-133,206。

LIU

劉守華等編著：《中國民間故事類型研究》，武漢：華中師範大學出版社，
　　2002。

──：《中國民間故事史》，武漢：湖北教育出版社，1998。

──：《比較故事學》，上海：上海文藝出版社，1995。

劉魁立：〈民間敘事的生命樹：浙江當代「狗耕田」故事情節類型的形態結
　　構分析〉，《民族藝術》2001年1期，頁63-77。

──、稻田浩二：〈《民間敘事的生命樹》及有關學術通信〉，《民族藝
　　術》2001年2期，頁109-122。

LÜ

呂微：《神話何為──神聖敘事的傳承與闡釋》，北京：社會科學文獻出版
　　社，2001。

MA

馬景賢：《公主幸福嗎？重讀格林童話》，台灣：民生報，2005。

ME

メラメド，エリッサ（Melamed, Elissa）：《白雪姫コンプレックス》
（*Mirror, Mirror: The Terror of Not Being Young*），片岡しのぶ譯，東京：晶文社，1986 年 1 月初版，1990 年 12 月 4 刷。

NAN

南方熊楠：《南方熊楠全集》，卷 2，東京：平凡社，1971。

SHANG

上山安敏：《魔女とキリスト教：ヨーロッパ学再考》（《魔女與基督教：歐洲學再考》），東京：人文書院，1993 年 5 月初版，1993 年 8 月 2 刷。

SHI

石塚正英：《〈白雪姫〉とフェティシュ信仰》（《〈白雪公主〉與物種崇拜》），東京：理想社，1995 年 8 月初版，1995 年 11 月 2 刷。

XIAO

小澤俊夫：《昔話が語る子どもの姿》（《民間故事講述中的小孩身影》），神奈川：古今社，1998 年 9 月初版，2005 年 8 月 6 刷。

──：《昔話のコスモロジー：ひとと動物との婚姻譚》（《民間故事的宇宙：人與動物的婚姻談》），東京：講談社，1994 年 10 月初版，2005 年 1 月 10 刷。

──：《グリム童話考：「白雪姫」をめぐって》（《格林童話考：關於「白雪公主」》），東京：講談社，1999。

──：《昔話の語法》（《民間故事的語法》），東京：福音館書店，1999 年 10 月初版，2002 年 2 月 2 刷。

──：《昔話と伝説——物語文学の二つの基本形式》（《民間故事與傳說：故事文學的兩種基本形式》），東京：平文社，1995。

──：《『グリム童話』を読む》（《閱讀格林童話》），東京：岩波書

店，1996。

YE

野口芳子：《グリムのメルヒェン：その夢と現實》（《格林兄弟的童話：
　　夢與現實》），東京：勁草書房，1994 年 8 月初版，2002 年 3 月 8 刷。

YI

伊藤清司：《昔話傳說の系譜：東アジアの比較說話學》（《民間故事傳說
　　的系譜：東南亞比較說話學》，東京：第一書房，1991。

YUEN

袁珂編著：《中國神話傳說詞典》，上海：上海辭書出版社，1985。

ZHE

浙江文藝出版社編：《八仙的故事》，杭州：浙江文藝出版社，1983。

ZHONG

中澤新一：《人類最古の哲学》（《人類最古老的哲學》），東京：講談
　　社，2001。

——：《熊から王へ》（《從熊到王》），東京：講談社，2002 年 6 月初
　　版，2004 年 3 月 5 刷。

——：《對称性人類学》（《對稱性人類學》），東京：講談社，2004 年 2
　　月 1 刷，2004 年 5 月 3 刷。

——著、牧野千穗繪：《モカシン靴のシソデレラ》（《莫加族皮靴的灰姑
　　娘》），東京：マガジソハウス，2005。

ZHU

竹原威滋：《グリム童話と近代メルヘン》（《格林童話與近代童話》），
　　東京·三彌井書店，2006。

Aarne, Antti. *The Types of the Folktale: A Classification and Bibliography*. Trans.
　　Stith Thompson. 2nd rev. Helsinki: Academia Scientiarum Fennica, 1987.

Ashliman, D.L. trans. and ed. "Fairy Gift: Folktales and Legends of Type 503",
　　Folktexts: A Library of Folktales, Folklore, Fairy Tales, and Mythology.

22nd Oct. 2006 <http://www.pitt.edu/~dash/type0503.html>.

---. "Frog Kings: Folktales of Aarne-Thompson Type 440 about Slimy Suitors", *Folktexts: A Library of Folktales, Folklore, Fairy Tales, and Mythology.* 6 Sept. 2006 <http://www.pitt.edu/~dash/frog.html>.

Bacchilega, Cristina. *Postmodern Fairy Tales: Gender and Narrative Strategies.* Philadelphia: U of Pennsylvania P, 1997.

Beckett, Sandra L. *Recycling Red Riding Hood.* New York: Routledge, 2002.

Bettelheim, Bruno. *The Uses of Enchantment: The Meaning and Importance of Fairy Tales.* London: Penguin, 1991.

Boswell, John. *The Kindness of Strangers: The Abandonment of Children in Western Europe from Late Antiquity to the Renaissance.* Chicago: U of Chicago P, 1998.

Bottigheimer, Ruth B. *Grimms' Bad Girls and Bold Boys: The Morals & Social Vision of the Tales.* New Haven and London: Yale UP, 1987.

Bourboulis, Photeine P. "The Bride-Show Custom and the Fairy-Story of Cinderella", *Cinderella: A Casebook.* Ed. Alan Dundes. Wisconsin: U of Wisconsin P, 1988, pp. 103-106.

Carpenter, Humphrey and Mari Prichard. *The Oxford Companion to Children's Literature.* New York: Oxford UP, 1999.

Clavijo, Ann-Kathrin. *Frog Kings: Cultural Variants of a Fairy Tale.* M.A. Thesis, Florida State U, 2004.

Crane, Thomas Frederic. *Italian Popular Tales.* Boston and New York: Houghton Mifflin, & Co., 1883.

Dieckmann, Hans. *Twice-told Tales: The Psychological Use of Fairy Tales.* Trans. Boris Matthews. Wilmette, Illinois: Chiron Publications, 1986.

Dundes, Alan, ed. *Little Red Riding Hood: A Casebook.* Madison, Wis.: U of Wisconsin P, 1989.

---, ed. *Cinderella: A Casebook.* Wisconsin: U of Wisconsin P, 1988.

Evans, C.S. *Cinderella*. London: David Campbell Publishers, 1993.

Evans-Wentz, W. Y, ed. *The Fairy-faith in Celtic Countries*. London and New York: H. Frowde, 1911.

Fohr, Samuel D. *Cinderella's Gold Slipper: Spiritual Symbolism in the Grimms' Tales*. 2nd rev. ed. New York: Sophia Perennis, 2001.

Göttner-Abendroth, Heide. *Die Göttin und ibr Heros* (*Goddess and its Heros*). Munich: Frauenoffensive, 1980.

Jameson, R.D. "Cinderella in China", *Cinderella: A Casebook*. Ed. Alan Dundes. Wisconsin: U of Wisconsin P, 1988, pp. 71-97.

Lüthi, Max. *The Fairytale as Art Form and Portrait of Man*. Trans. Jon Erickson. Bloomington: Indiana UP, 1987.

---. *The European Folktale: Form and Nature*. Bloomington: Indiana UP, 1982.

Orenstein, Catherine. *Little Red Riding Hood Uncloaked: Sex Morality and the Evolution of a Fairy Tale*. New York: Basic Books, 2002.

Propp, Vladimir. *Morphology of the Folktale*. Trans. Laurence Scott. Rev. and 2nd ed. Austin: U of Texas P, 2001.

Schectman, Jacqueline M. *The Stepmother in Fairy Tales: Bereavement and the Feminine Shadow*. Boston: Sigo Press, 1993.

Stockham, Jess. *Little Red Riding Hood*. Swindon, Auburn ME, Sydney: Child's Play (International) Ltd., 2004.

Tatar, Maria M. *The Hard Facts of the Grimms' Fairy Tales*. Princeton, New Jersey: Princeton UP, 1987.

Ullstein, Sue. *Ladybird Graded Readers. Grade 4*. Loughborough: Ladybird Books, 1990.

Von Franz, Marie-Louise. *The Interpretation of Fairy Tales*. Rev. ed. Boston, Massachusetts: Shambhala, 1996.

---. *The Feminine in Fairy Tales*. Rev. ed. Boston, Massachusetts: Shambhala, 1993.

Zipes, Jack, ed. *The Trials & Tribulations of Little Red Riding Hood*. 2nd ed. New

York & London: Routledge, 1993.

---. *Happily Ever After: Fairy Tales, Children, and the Culture Industry*. New York: Routledge, 1997.

---. *Fairy Tale as Myth, Myth as Fairy Tale*. Lexington: UP of Kentucky, 1994.

---, ed. *Beauties, Beasts and Enchantments: Classic French Fairy Tales*. New York: Meridian, 1991.

---. *The Brothers Grimm: From Enchanted Forests to the Modern World*. New York & Hamspire: Palgrave Macmillan, 2002.

Thompson, Stith. *The Folktale*. Berkeley, Los Aneles, California: U of California P, 1977.

索　引

國家圖書館出版品預行編目資料

經典童話入門

梁敏兒著. – 初版. – 臺北市：臺灣學生，2009.02
面；公分
參考書目：面
索引

ISBN 978-957-15-1424-6(精裝)
ISBN 978-957-15-1423-9(平裝)

1. 童話 2. 神話 3. 文學評論 4. 比較文學

815.94   97018881

經典童話入門 （全一冊）

著　作　者：梁　　　敏　　　兒
出　版　者：臺 灣 學 生 書 局 有 限 公 司
發　行　人：盧　　　保　　　宏
發　行　所：臺 灣 學 生 書 局 有 限 公 司
　　　　　　臺 北 市 和 平 東 路 一 段 一 九 八 號
　　　　　　郵 政 劃 撥 帳 號 ： 0 0 0 2 4 6 6 8
　　　　　　電　話：（ 0 2 ）2 3 6 3 4 1 5 6
　　　　　　傳　眞：（ 0 2 ）2 3 6 3 6 3 3 4
　　　　　　E-mail：student.book@msa.hinet.net
　　　　　　http：//www.studentbooks.com.tw
本書局登
記證字號：行政院新聞局局版北市業字第玖捌壹號
印　刷　所：長 欣 印 刷 企 業 社
　　　　　　中 和 市 永 和 路 三 六 三 巷 四 二 號
　　　　　　電　話：（ 0 2 ）2 2 2 6 8 8 5 3

定價：精裝新臺幣三二○元
　　　平裝新臺幣二四○元

西 元 二 ○ ○ 九 年 二 月 初 版